ことのは文庫

妖しいご縁がありまして

わがまま神様とあの日の約束

汐月 詩

MICRO MAGAZINE

目次

Contents

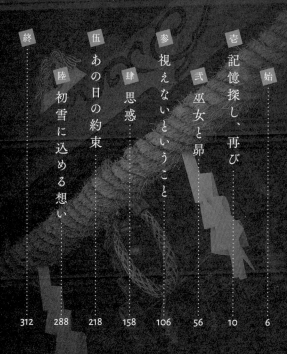

妖しいご縁がありまして

わがまま神様とあの日の約束

始

「僕のこと、忘れないで」

齢《よわい》十五にも満たない風貌の神様は、目の前にちょこんと座る、まだあどけない少年にそう懇願した。

透き通るほどの白い腕を伸ばし、少年の手を力強く握る。そのあまりの冷たさに、少年は一瞬体をこわばらせるも、ほどなくして優しくその手を握り返した。

「だいじょうぶだよ」

長い睫毛《まつげ》を震わせて縋《すが》るような表情を自分に向ける神様に、少年の小さな胸はひどく痛んでいた。幼心に、この弱々しい友達《神様》を無下にしたら、雪のように消えてしまうのではないかと思ったのだ。

「ぜったいに、わすれないから」

少年は力強く頷いた。

冬の夜は、長い。まだ早い時間のはずなのに、境内はすっかり暗くなっていた。神様と少年は二人、拝殿へと続く小さな石段に腰掛け、揃って空を見上げている。

きりりと冷えた空気は天高くどこまでも澄み、たくさんの星が零れ落ちそうな勢いで瞬いていた。

このまま見上げていたら、自分も隣の神様も夜空に吸い込まれてしまうのではないか、と少年は思った。神様が隣にいるという非現実的な状況が、少年にそう思わせていたのかもしれない。

「あ……！」

ふいに少年が声を上げた。あることを思い出したのだ。

「あのね、ゆかりくんにおみやげ……」

そう言って、ズボンのポケットからビニール袋を取り出した。神様は少年の差し出したそれを不思議そうに見つめている。

「『なみのはな』っていうんだって！　ほら、ゆきみたいにきれいでしょう？　ねぇ、みてみて……ってあれれ？」

自慢げだった少年の表情が、みるみるうちに萎《しぼ》んでいく。それもそのはず、ビニール袋の中身は空だったのだ。

想定外の事態に、少年は悲しくなった。神社の中でしか生きられない神様に、外の世界のことを見せたかったのに……。そんな気持ちが、ついには涙となって体の外に溢《あふ》れた。

「泣かないで」

神様は少年の頭を優しく撫でる。

「君が外の世界の話をしてくれる、それだけで十分なんだ。僕は楽しそうに話す君を見れるだけでいいんだよ。だから、泣かないで」

優しく微笑む神様につられて、少年もやがて笑顔になる。

少年は幸せだった。自分の話を興味深く聞いてくれる神様がそばにいて。

神様は幸せだった。自分のことが視《み》える少年がそばにいてくれて。

二人は幸せだったのに。


二人だけの境内に、しんしんと雪が降り始めた。

「ずっといっしょにいようね」

それは、どちらからともなく口にした、約束。二人はこの幸せが永遠に続くものだと思っていた。しかし――。


「約束だよ」

約束は、果たされることはなかったのだ――。

壱　記憶探し、再び

　ぎらぎらと照りつける太陽が、アスファルトに陽炎《かげろう》を作る。突き抜けるような青空に飛行機雲がどこまでも白線を描いていく。うるさいくらいに響く、蝉《せみ》の輪唱。

　見ているだけで汗が噴き出てきそうな景色の中、遠くから着物姿の少年が歩いてきた。小学生くらいだろうか。少年はふらふらよろけながらも近くまでやって来ると、そのまま道の中央で立ち尽くしてしまった。

　誰だろう？　顔の部分だけぼんやりと滲んでいてよく見えない。手にはなにか紙のようなものを握っている。

『……う……っく……うっく……』

　泣いている。悲しそうな声に、聞いているこっちまで胸が痛くなる。

　――君は誰？　なんで泣いているの？

　そう訊きたいのに頭とは裏腹に、声が出せない。せめて顔だけでも見えないかと懸命に腕を伸ばし、少年の肩を掴んだ。もう少しで見える……！

――……と、思ったのに。

「やっちゃーん！　もう朝よー？」

突然の母の声に驚き、慌てて飛び起きた。さっきまでの真夏の景色から一変、辺りは薄暗く、ヒヤリと冷たい空気が頬に当たる。目に入るのは、もうすっかり見慣れた薄い灰色の壁、カーテンのない窓、畳に敷かれた布団。そして気づく。私、夢を見ていたんだ。

知らない少年が泣いている夢を見るのは、実は初めてじゃない。ここ半年……特に最近頻繁に見るようになったのだ。

少年が誰なのか見当もつかないし、その光景に見覚えはない。だけど妙に懐かしいんだ。彼のいでたちも、その泣き声も、全部がどこか懐かしい。

もしかして、『失くした記憶』に関係があるのかもしれない、なんて考えてみたものの、そんなわけないとすぐに思いなおす。だって、私の記憶はすべて取り戻せたんだから。でも、じゃあ、なんで何度も繰り返し夢に見るんだろう？　なにか私にとって大切な意味がある気がするんだ。それを、知りたい。

結露した窓を指で拭いて外を覗いたら、遠くの空がほんのりオレンジ色に染まっていた。顔を出したばかりの太陽が遅めの朝を告げる。今までは、その光のおかげで自然と目が覚めていたのに……。そうか、もう冬なんだなぁ。

能登《ここ》に引っ越してきたのが四月のことだったから、半年以上も経ったことになる。

今でもはっきりと思い出せる、あの夜のこと。

あの夜——受験を目前に控えた寒い夜のこと、祖母の死を報せる電話がかかってきたのだ。その電話をきっかけに、父が家族揃って祖母の家があるここ、能登に引っ越すことを提案したのだった。

私はもちろん反対だった。田舎暮らしが性に合っているとは思えなかったし、できれば祖母の暮らしてきた町に寄り付きたくはなかった。けれども父も母も私に意見を訊くことなく、あれよあれよという間に引っ越しが決まってしまい、現在に至る。

時が経つ早さに驚きつつも、あんなに嫌々だったここでの生活に今ではすっかり馴染んでいることが、自分でもちょっぴり笑えてくる。

「やっちゃん、おはよう」

キィキィ軋《きし》む階段を下りたら、いつもの定位置であるキッチンに母が立っていた。やかんの湯気がゆらゆらと立ち上る中、朝っぱらだということを微塵《みじん》も感じさせないような爽やかな笑顔を私に向けている。

私はまず暖を取るべく、部屋の隅に置かれた古いストーブに向かった。エアコンでは感じることのできない、体の芯からじんわり温まっていく感覚がとても好きだ。できれば炬《こ》燵《たつ》でぬくぬくとしたいところだが、そこまでの時間はなさそうだ。

「おはよ。お母さん、今日はいつもより早いね」

「なぁに言ってるの、やっちゃんが遅いんじゃない。いくら『朝陽と共に目覚める』おばあちゃんの教えだからって、冬に太陽と一緒に寝坊する必要まではないのよ？」

母はそう言いつつ、手元のフライパンを動かした。このジューシーな匂いはきっと、母の得意料理であるハンバーグだろう。その匂いを嗅ぎながら、パンを頬張る。

家族で引っ越したといったものの、この家に住んでいるのは私と母だけで、父はここにはいない。父曰く「仕事の引継ぎで今年度中に移り住むのは無理そう」らしい。自分で決めておいてなんて無責任な父だ、と思う。だけどここでの田舎暮らしを楽しんじゃっている自分がいるのも事実なので、最近は「仕方ないなぁ」と思うことにしている。

「はい、お弁当。今日は部活がある日だったかしら？」

「ううん、ないよ。でもちょっと寄り道するかな」

渡されたお弁当箱を鞄にしまう私の脳内には、もう既に放課後のビジョンがはっきり浮かんでいた。「神社に寄り道する私」のビジョンが。

母も、ここに来てからの私のスケジュールをなんとなく把握しているので、訊いてはくるもののそれ以上突っ込んではこない。

外は寒そうだ。この前買ったばかりのダッフルコートを羽織る。マフラーをふわりと首に巻いて準備万全。

玄関に向かう前に隣の和室に駆け込み、仏壇に手を合わす。そうすることが私の日課になっていた。

そこには微笑む祖母の写真が飾られていた。暖かな太陽みたいないい笑顔。私の記憶の中の祖母は、いつも笑っている。

「おばあちゃん、いってきます」

そう言って目を開けると、いつも優しく「いってらっしゃい」って言ってくれている気がするんだ。


一歩外に出たら、思ったより寒く、頬がぴしりと痛んだ。吐く息が白い煙となって浮かび上がる。

学校までの一本道はとても広く、そして人気《ひとけ》がない。暖かい時期はよくすれ違った自転車に乗るお年寄りも、冬だからか、ここ最近はあまり見かけない。虫の鳴き声はもちろんのこと、街路樹はすべて丸裸になってしまい、葉が揺れる音なんかもすっかり聞こえなくなってしまった。通学路はとても静かなものだ。

とはいえ、たいていどんより曇っているこっちの冬にしては、今日は珍しく太陽が見えていて清々しい。冬特有の柔らかな日差しが、目に映るすべてのものを優しく照らす。

両側に広がる大きな田んぼは、冬だというのに水が張られ、白鳥の群れがぷかりと浮かんでいた。『冬水《ふゆみず》田んぼ』って言うんやよ」と昔、祖母が言っていたのを思い出す。「この時期にシベリアからやってくる白鳥さんのために、水を張るんや。八重子《やえこ》、見てみまっし。きれいやろ?」そう言って眩《まぶ》しそうに目を細める祖母の姿まで、今ではありありと思い浮かぶ。

そんな些細《ささい》な祖母との日常を、思い出すことができて本当によかった。

——そう、私には祖母の記憶がなかったのだ。正確には、「祖母の家に預けられていた七歳から十歳三か月までの記憶」がすっぽり抜け落ちていた。

ただ「思い出すことができた」と言っても、単純に、ある日突然閃《ひらめ》きのように降ってきたわけじゃない。そこにはとても一言では表せない、海よりも深い事情があった。

それはここに越してきた日、ある一人の青年……ううん、狐《きつね》に出会ったことから始まるんだけど……——。

「八重子」

私を呼ぶ低い声に、一気に現実に引き戻される。考え事をしていたら、いつの間にか神社に差し掛かっていたみたいだ。ゆっくり声のする方を振り返った。

真っ赤な鳥居をバックに石段の上に立つ人物が、一人。薄紫の上品な着物に身を包み、首の後ろで縛った雪のように真白な髪を風になびかせて、ゆっくり石段を下りてくる。キリリとした切れ長の目は、私と視線が合うとスッと細められ、口元には妖しい笑みが浮かんでいる。鳥居の赤と髪の白とのコントラストがいつ見ても綺麗で、彼に会う度ついつい見とれてしまうのだ。

「なんだ、ボーっとして。また記憶でも失くしたのか？」

「は……はぁ!?　そんなわけないでしょ」

「どうだか。八重子ならそのくらいのへまをやりかねない」

男はクックと小さく笑う。この表情、この言い方……相変わらず失礼な狐！

「もう記憶は失くさないってば！　そんなことより二紫名《にしな》、ちゃんと仕事しなよ」

「仕事はもう終わっている。誰かが遅くて待ちくたびれていたところだ」

「だ、だからわざわざ見送らなくていいって言ってるでしょ？　子どもじゃないんだから」

「俺からしたらまだ子どもだ」

さっきからいちいち失礼なこの男――二紫名は、この町のシンボル的存在である鈴《すず》ノ守《もり》神社のお手伝いさんだ。……というのは仮の姿。実はこの男、人間のような見た目をしているけれど、本当は「白狐《びゃっこ》」という妖なのだ。そしてそれを知っているのは、この町でも私以外は彼の雇い主である宮司さんくらいで、多くの人は彼を「西名《にしな》さん」という普通の人間だと思い込んでいる。

ここに越してきたあの日、私はこの神社で怪我をした狐に出会った。その狐こそが目の前の二紫名だったというわけだ。

再会した二紫名は私に「面白いものを失くしているな」と言い放ち、「私の失くした記憶を取り戻す」という口実の下、半ば強引に契約を結ばせたのだ。私の記憶が保管されている場所――「記憶の道」を創る神力を創り出すための道具を取り戻せ、というなんとも無茶苦茶な契約を。

道具を探すためにあちこち奔走し、彼のせいでとても大変な目にあったのは記憶に新しい。ただ同時に、彼のおかげで祖母との記憶を取り戻せたのも事実なので感謝はしている。

……だけど。

「二紫名の意地悪……」

ボソッと呟く。聞こえないように言ったはずなのに、気付いた時には彼の深い群青色の瞳が間近に迫っていた。金木犀《きんもくせい》の香りがふわりと漂い、私の心臓がドキンと音をたてる。

近い、とにかく近い。

「なにか言ったか？」

「え？　う、ううん、べ、別に？」

慌てて離れて乱れた心音を落ち着かせる。まったく……彼のそばにいると、いろんな意味で心臓がいくつあっても足りない。

「くくっ……本当に八重子は表情がくるくる変わって、面白い。見ていて飽きないな」

二紫名の余裕そうな顔にムッとする。ああそうですか、私はどうせ妖様のおもちゃですよ！　そう言ってやりたいのをグッと堪《こら》えた。

　二紫名が私をおちょくるのなんていつものことだ。初めて会った時からそれは変わらない。わかってはいるのに、最近はその扱いがちょっぴり不満なんだ。なんていうか……もうちょっと「友人」として優しく扱ってくれてもいいのに、なんて思ってしまう私はどこかおかしいのだろうか。夢の少年の泣き声につられて、私の心もやさぐれてしまっているのかもしれない。

「あ！　やっちゃーん！」

　静かな朝の神社に突如として響き渡る賑やかな声。顔を見なくても、その鼻にかかった甘ったるい声だけですぐに誰かわかってしまう。

　くるりと振り向くと、友人の堺小町《さかいこまち》が通りの向こうから手を振っているのが見えた。相変わらずマスカラびっしりの大きな瞳。見ているだけで寒々しい短いスカート。明るい茶髪をふわりと揺らし、こちらに向かって駆けてくる。

「——おはよう、小町」

「やっちゃん、おはよォ！　今日はずいぶん遅いんだねェ。なにか用事でもあったのー？あ、西名さんもおはようございまぁす」

　二紫名を見てよそ行きの笑みを浮かべる、小町。彼女に言わせると二紫名は「ちょおカッコよく」て「白い髪がオシャレ」らしい。

たしかにまぁ、スラリと長身で整っていなくもない顔をしているから、はたから見たらカッコいい狐なのかもしれないけれど……その評価はいけ好かない。小町にも二紫名の意地悪で強引な本性を見せてやりたいものだ。

ミーハーで見た目が派手な小町だけど、私にとったらこの町でできた初めての友達であり、引っ越してきた私に親切にしてくれた、ありがたい存在だ。彼女がいなかったら、きっと私の転校生生活は楽しいものにならなかっただろう。

「小町さん。八重子は用事があったわけではなく、きっとただの寝坊ですよ」

「え!?　そーなんだ!?　やっちゃんが……あの無駄に早起きのやっちゃんが……めずらしいねェ」

だーかーら、二紫名ってば一言余計なんだって！

私がキッと睨《にら》みつけたところで、この男には通用しないことはわかりきっている。今だって、唇の端を吊り上げて、私を嘲笑《あざわら》っているようだ。それが悔しくて仕方がない。

「わ！　ビックリした……。騒がしいと思ったらみんな揃ってたんやね」

そこへ、もう一つ声が降ってきた。

二紫名と同じく神社の石段を、控えめに下りてくる男子。耳まであるサラサラな黒髪にきっちり着こなした制服。遠慮がちにはにかむ姿は、高一男子とは思えないくらい可愛い。

小町と同じく、私にとって大切な友達、涼森昴《すずもりすばる》だ。

て珍しいね」

「おはよう、やっちゃん。こまちゃんに西名さんも。やっちゃん、こんな時間に登校なん

「昴、おはよう」

昴は石段を下りきると、私と小町の横に並んだ。こうやって見ると春よりは背が高くなったような気がする。それにしても、いつ見ても女の子みたいに可愛らしい。

「……やっちゃん？」

「あ、ごめん、なんでもない。……そういう昴こそ珍しいね。朝練は？」

こう見えても昴はバスケ部だ。小学生の頃に私の誘いに乗った形でバスケを始め、今でも続いているというから驚きだ。毎日のように練習に励み、聞いたところによると、チーム内でも結構いいポジションらしい。

「今日は休んでんて。父さんの手伝いせんなんくって」

「そうなんだ」

昴のお父さんは鈴ノ守神社の宮司さんで、つまり、昴の家はこの神社ということになる。それにしては昴は二紫名のことを妖だと知らないみたいだし、そこらへんの事情がどうなっているのか私にはよくわからなかった。

「じゃあさっ！　今日は久々に三人で学校に行こォ！」

小町が私と昴の腕を思い切り引っ張ったので、勢いあまってよたよたとよろけてしまっ

た。それを見た二紫名が、また陰でこっそり笑っている。

私たちは変わらない。半年前から、ずっと。あれ以降、変な事件に巻き込まれることもないし、ただただ平和な毎日を送っている。

この時は、この穏やかな日々がこれからもずっと続いていくと、そう思っていたんだ。

＊　＊　＊

「ついに……この日が来たね……」

チャイムが鳴った瞬間、くるりと振り向き私を見つめる小町。その目はいつになく真剣で、見ているこっちまで緊張してくる。彼女の迫力に押され、思わずゴクッと喉が鳴る。

「小町……」

「言わないでやっちゃん！　わかってる……ここでの決断が私の人生を大きく揺るがすことになるって……」

小町のその手には、一枚の紙が握られている。力を入れすぎてぐしゃぐしゃになる一歩手前だ。

「やっちゃん……私にもしものことがあったら、骨を拾ってほしい……お願いねェ？」

そう言って、小町は紙を机に叩き置いた。その紙というのが——。

「って小町、大げさ！　ただの進路調査だからね？」

私の言葉に小町はうッ……と一瞬言葉を詰まらせる。そう、それはさっき先生から配られた進路希望調査のプリントだった。志望大学や将来就きたい職業などを書いて冬休みが始まる前に提出しなければならない。

「わーん！　わかってるけどさァ、私たちまだ高一だよォ？　大学なんて早すぎる～！」

じたばた暴れる小町の肩をポンと叩く。

「そうだけど……でもさ、まだこれで決定ってわけじゃないんだから、もうちょっと気楽に考えればいいいんじゃない？」

「気楽にィ？」

「例えばほら、小町だったら大学を考えるより、将来就きたい職業の方が考えやすいんじゃない？」

小町はしばらく宙を見つめていたかと思うと、いきなり「いいこと思いついた」と言わんばかりの表情で私の手をぎゅっと握った。さっきとは打って変わって、瞳がきらきら輝いている。

「私、パティシエになりたい！」

「うん、ぴったりだと思うよ」

それは、私の本心だった。

一見、料理なんてできなそうな小町だけど、実は私の祖母仕込みのたしかな腕前なのだ。お弁当はいつも自分で作っているし、家庭科部でもまったく料理のできない私をうまくフォローしてくれて、正直助かっている。

彼女らしい答えが見つかったみたいで、なんだかこっちまで嬉しくなる。

「やっちゃんはどうするのォ？　やっぱりあっちに帰っちゃう……？」

「うーん……」

小町に言われてハッとした。そういえば、自分の進路のことを考えていなかった。

帰る……か。父はここに移住するつもりらしいから、当然あっちの実家はなくなってしまうのだろう。でも、大学のことを考えるとここにずっと残るというのは難しいのかもしれない。

都会の雑踏、電車の窓から見える巨大なビル群、冷たい空気。道行く人は誰も私のことを知らないし、きっと二度とすれ違うこともない。……ほんのちょっと前まではそれが当たり前の光景だったのに、今思い出そうとしてもうまく思い出せない。本当に住んでいたのかと疑いたくなるくらいに、今ではすっかり遠くなってしまった。

「――ちょっと考え中、かな」

「ええー!?　そこはハッキリ『帰らない』って言ってよォ」

私の腕を力の限りぶんぶん振り回してくる小町。このままじゃ腕がもげてしまう。

こういう時に間に入って仲裁してくれる昴が、今日に限って口を挟んでこないので、仕方なくこっちから助けを求めることにした。

「……ってそうだ、昴は？　昴はどう——」

「昴はどうするの？」と訊こうとしたのに、その後の言葉が続かない。なぜなら、当の昴が心ここにあらずといった感じで、机の上のプリントをボーっと見つめていたからだ。私は小町と顔を見合わせた。

「え……と……昴？」

「昴ー！　聞いてるっ!?」

「え？　あ、ごめん！　なに？」

小町が激しく体を揺さぶって、ようやく私たちに気づいたようだった。いつも的確な突っ込みを入れてくれる昴が……珍しいこともあるものだ。

「だーかーらァ、進路調査だよォ。昴はどうするのかなって」

「進路調査……」

その瞬間、昴の表情が明らかに曇った。これ以上突っ込んだらいけない気がして、私は慌てて口を開く。

「あ、ねぇ小町。昴は鈴ノ守神社の宮司さんの息子なんだから、そのまま神社を継ぐんじゃない？　だから大学もきっとそういうところじゃないかな？　ね、昴？」

助け船を出したつもりだった。この後すぐに昴から「そうねん」と返事が返ってくると思ったんだ。……それなのに。

「…………」

おかしい。いつまでも無言なのだ。それどころか、さっき進路希望調査の話を出した時よりも、より一層苦しげな顔をしている。

「す、昴……？」

「あ、ごめん、ちょっとトイレ行ってくるね」

昴は私たちににこっと笑顔を向けると、突然立ち上がって教室から出て行ってしまった。残された私たちはやっぱり顔を見合わせる。昴がおかしい。なにかわからないけど、元気がないのはたしかだ。


結局この日は一日中、昴の様子がおかしかった。数学の授業では「わかりません」を連発し、現代文では音読を指名されたのに違う箇所を読むしまつ。お弁当は半分ほど残し、廊下を歩くと何度も柱にぶつかっていた。

「あの昴が……？」と私たちだけでなく、周りの子たちにも動揺が広がる。

そして今、家に帰ろうとする昴がまたおかしなことを言い出した。

「ごめん、やっちゃん、こまちゃん。今日は俺、ちょっと寄るところがあるから」

今日は珍しく、家庭科部もバスケ部も休みの日。こういう日は、三人で帰るのがお決まりのパターンだったのに。

昴はそそくさと靴を履き替えて、私たちを待つ素振りを見せずに歩き出した。それを見て、慌てて彼の背中に声をかける。

「どこに行くの？」

「ごめん、また明日ね」

昴は私たちの追及から逃げるように、走って違う方向に行ってしまった。一体なんなんだろう。

「昴……おかしいよねェ。ボーっとしたり、そわそわしたり……」

小町が頬を膨らませた。

私なんかよりずっと長い間一緒にいる小町が言うんだから、間違いない。「ボーっとしたり、そわそわしたり」今日の昴はいつもと違う。……待てよ？　でも、その症状って……。私はポッと浮かんできた一つの可能性を小町に提示してみた。

「――もしかして、彼女でもできた、とか？」

自分で言っておきながら見事な推理だと思う。いろんなおかしなことも、「恋をした」の一言で片付いてしまう気がするのだ。

「ね、小町。きっとそうだよ、心配ないって！」

解決してスッキリした私は、笑顔で小町を見た。だけどそんな私とは対照的に、なぜか小町は変な顔をしている。しばらくそのまま黙っていたかと思えば、いきなり口をパクパク開けて、素っ頓狂な声を上げた。

「か、か、か、彼女ォ!?　え、あの昴が？　そそそそんなわけっ……」

あっちこっち動きまわり、挙動不審この上ない。昴だけじゃなくて小町までおかしくなってしまったみたいだ。

「小町……どうしたの？」

「あー……わ、私も用事があるんだったァ。やっちゃんごめんねェ？」

「え？　用事ってなに……──」

小町は、私が言い終わる前に、さっき昴が向かった方向に走っていってしまった。その場に残された私のそばを、冷たい木枯らしが吹く。

「さむ……」

マフラーをきつく結び直して、私は一人歩き出した。本当に……今日は一体どういう日なんだろう。

寂しい空気は商店街に入ったところでいくらか緩和された。

百メートルほどの通りに、小さな店がぎゅうぎゅうに肩を寄せ合うように並んでいるこの商店街は、この町で暮らす上でかかせない存在であり、夕方のこの時間は、買い物をする人でいつも賑わっていた。

陽が落ちるのが早くなったせいで、ほの暗くなった世界に光を与えるべく、店先の小さな古い外灯に明かりが灯されていた。そのぼんやりとして、どこか懐かしい光を見るのが好きだった。

人混みの合間を縫うようにしながら歩いていく。魚屋を通り過ぎ、精肉店に差し掛かろうという時に、突然「八重子」と声をかけられた。くぐもったしゃがれ声。商店街で私のことを「八重子」と呼ぶ人は一人しか思いつかない。くるりと振り向くと、一人の老婆がそこに立っていた。

「駄菓子屋のおばあちゃん」

田中《たなか》駄菓子店の店主である、田中さんだ。

「なんや、八重子。しょぼくれた顔しとるじ」

駄菓子屋のおばあちゃんは皺だらけの顔を一ミリも動かすことなく、フンッと鼻で笑ってみせた。小さな目の奥は鋭く光っていて、いつも私をまっすぐ見つめてくる。初めて会った時、その異様な迫力にドキドキしたものだったなと、ふと思い出す。

「友達が急用で帰っちゃったんです」

「なんや、そんなこと。それならあんた、うちの店に寄っていくまっし」

「じゃあちょっとだけ……」

足を引きずって歩く駄菓子屋のおばあちゃんの後を追うようにして、田中駄菓子店へと足を運んだ。

古い、こぢんまりとした駄菓子屋だ。この店は私のお気に入りの一つであり、こうしてたまに学校帰りに寄るのだった。まさか高校生にもなって駄菓子屋さんでだべることになるなんて、あの頃の自分じゃ想像できなかっただろう。

店の前に置いてあるガチャガチャに小学生の男の子たちが群がっている。それを、店番の川嶋さんがおだやかな笑顔で見守っていた。川嶋さんは私に気づくと「やっちゃん！」と手をあげた。ひときわ大きな声に小学生たちの背中がびくりと震える。いつもながら、パワフルなおばさんだ。

「こんにちは」

「もしかして、またばーちゃんに引っかかったん？　本当ばーちゃんはやっちゃんが好きやねぇ」

「あんた、余計なこと言うなま」

川嶋さんをたしなめる駄菓子屋のおばあちゃんの表情は、その声色とは裏腹に、どこか照れているようだった。

店の中に一歩足を踏み入れると、そこは色鮮やかな魔法の世界。大小さまざまなビンにぎゅうぎゅうに詰められた駄菓子たち、はがれかけの昭和を感じるポスター、レジ横にぶらさがったキャラクターカード。いつ来てもこの空間は夢と幸せに満ちている。

だけどただ一点。こうしてぐるりと見回してみて覚える、違和感。大事なアレが見当たらない。

「おばあちゃん、ラムネは？　いつもの場所にないみたいですけど……」

アレ……とは、ラムネのことだ。ここ田中駄菓子店は、ラムネで有名なのだ。駄菓子屋のおばあちゃんの考えで、ここのラムネには七色のビー玉が入れられていた。七色全部集めることが一種のステイタスらしく、昔祖母も私のためにせっせと集めてくれていた。そのラムネが、店のどこを見てもない。

きっと奥にしまって出し忘れたんだ。そう考えた私だったけど、次にくる駄菓子屋のおばあちゃんの言葉に絶句することになる。

「ラムネ……？　そんなもん、うちにはないわ」

「えっ……………」

ない？　今たしかに「ない」と言った。

「ちょっと待ってください。ほら……いつも私にくれたじゃないですか。『学校に持っていきぃ』って。……あ、『ない』って『今きらしている』ってことですよね？」

「なに言っとるん、あんた。ラムネなんてこの店に置いたことないがいね」

信じられない思いで駄菓子屋のおばあちゃんをじっと見る。いつもの仏頂面は、冗談を言っている感じには見えない。だけど、おかしい。ラムネは絶対にあった。つい最近私がこの目で見たのだから。

「ああ、やっちゃん、ごめんねぇ？　ばーちゃんまた変なこと言って……」

「川嶋さん……」

いつの間にか隣に来ていた川嶋さんが、「困っとるげん」とため息をつく。

「ばーちゃん、あんなにラムネにこだわっとったんに、最近そのことをすっかり忘れてしもて……。もしかして『ボケ』が始まったんかもしれんなぁ……」

川嶋さんは、最後は自分自身に言いきかせるようにぽつりと呟いた。たしかに、駄菓子屋のおばあちゃんくらいの年齢なら、いろんなことを忘れていても特別おかしなことはない。だけど、そんな急に……――？

店を出たら、さっきの男の子たちが、今度は出てきたカプセルの取り合いをしていた。川嶋さんが「あんたら喧嘩すんなま」と声を張り上げるその後ろで、駄菓子屋のおばあちゃんが「また来んか」と申し訳程度に手を振っていた。ラムネのことを忘れている以外には、どこもおかしなところはなさそうだ。

昴に小町……そして今度は駄菓子屋のおばあちゃん。私の周りで、また「なにか」起こっているのだろうか。それとも、ただの偶然？

　例えようのない不安が、胸の奥で疼《うず》く。こんなこと、今まで一度だってなかったのに。ただの思い過ごしだったらいいんだけれど……。

「へいへい、そこのナウでヤングでちょべりぃぐっなぎゃるちゃん～！　ワシんとこ来てお茶せんけ～」

　考え事をしながら歩いていたら、遠くから陽気な歌声が聞こえてきた。

　ここを通る度に聞こえてくるそのセリフは、もはや私にとっては横を通り抜けていく風の音並みに自然すぎて、聞き流してしまうことが多かった。だけど今回はセリフにメロディーがつけられているではないか。音頭調のその歌に、ついつい足が引き寄せられていく。

「てっちゃん」

　歌声の主の背中に声をかける。冬だというのに、黒いタンクトップにダボダボのハーフパンツ姿。腰にぶら下がっている何連もの金のチェーンにドクロマークのキャップは、いつ見ても禍々《まがまが》しい。その恰好もだけど、なにより驚きなのが、この人物が祖母の昔からの知り合いだということだ。

「おやぁ、八重子ちゃんじゃ～ん！　今日も可愛いじゃ～～ん」

　振り返ったてっちゃんが、親指を立て、にぃと笑う。歯の一つが銀色にきらり輝いた。

相変わらずパンチのきいたおじいちゃんだ。

「てっちゃん、いつも寒くないんですか？　もうすぐ雪だって降りそうなのに……」

「なぁんじゃ、そんなこと。このワシにぬかりはないッ！　春夏秋冬どの季節でもシャレオツでおるために、日々鍛錬しておるんじゃぁ」

わかるような、わからないような理屈だけど、とりあえず「なるほど」と返しておく。てっちゃんには「普通の老人とは」という考えが通用しないことを思い出した。

「そんなことより、八重子ちゃん、もちろんワシの店に寄ってくれるんじゃろぉ？」

「え、と――!?」

私が返事をするより先に、てっちゃんが私の手首を掴んでぐいぐい引っ張っていく。

辿り着いた先は、一軒の古びたお店。傷んだ看板には辛うじて「骨董品店」と読める文字が並んでいる。店内は落ち着いた色合いの木の棚がぐるりと備え付けられ、古めかしい道具や壺なんかが所狭しと置かれていた。だけど用があるのはそっちの店ではない。

骨董品店の店内を丁度半分に区切った残り半分――一面ショッキングピンクの壁、天井からは豪華なシャンデリアがぶら下がり、至る所にカラフルな（どこで買ったかもわからないような）雑貨が並べられている、なんとも目に悪そうな店の方が、目的地だった。

入口に、渋い手書きの文字で「かふぇ・いいんだぁ」と書かれた看板が立てかけられている。おかしなことに、てっちゃんは骨董品店の半分を「カフェ」として営業しているのだ。営業といっても別にここでコーヒーを飲めたりケーキを食べられたりするわけではない。ただイスに腰掛けておしゃべりする場として開放されている。……ぎゃるちゃんをナンパするためだけに。

「ほらほらほら〜、この間出た新作じゃぁん。八重子ちゃんにあ・げ・る」

てっちゃんは、腰掛けた私の目の前に小さな紙袋を置いた。すぐさま漂ってくる香ばしい匂い。ここに寄ると毎回こうして出てくるので、さすがの私も驚かなくなった。

紙袋の中身はコロッケだ。なにもてっちゃんの手作りというわけではない。お客さんが来ると、てっちゃんは、二店舗横にある精肉店でコロッケを買ってきてくれるのだ。

「わぁい！　ここのコロッケ好きなんですよね。遠慮なくいただきますっ」

夕方の、一番お腹が空いている時間帯だ。育ち盛りの若者が、その誘惑に勝てるはずはない。更に言えば、てっちゃんの厚意を無駄にはできないだろう……と、なんやかんや理由をつけて、ついついコロッケをたいらげてしまうのだ。

サクッと音をたて一口かじると、ほくほくで熱々のじゃがいもの風味が口いっぱいに広がる。その中からじゅわっと能登牛《のとうし》の肉汁が溢《あふ》れてくる……はずなのに。

「……あれ？　これ、いつもの能登牛コロッケじゃないですよね？」

ふわりと香る、磯の香。噛めば噛むほど、奥深い海の味がする。

私の問いに、てっちゃんは人差し指を立てて横に振った。

「さっすが八重子ちゃんじゃ〜ん。これは『能登牡蠣《かき》コロッケ』なんじゃん。今が旬の能登牡蠣がたっぷり入っていて美味しいんじゃん」

なるほど、能登牡蠣というものがあるんだ。まだまだ知らない能登グルメがあるものだな、と感慨にふける。

そのままコロッケを食べながらてっちゃんと世間話をしていたのだが、ふと店内を眺めた時に、なんだか妙な違和感を覚えた。まだ……さっき田中駄菓子店で覚えた違和感と、同じ。なにかが足りない気がする。

席を立って、壁に近づいてみる。そこにはたくさんの「てっちゃんの写真」が飾られている。それらは特に変わりはない……のだけど。

私は振り返り、道行く女子高生に手を振るてっちゃんに声をかけた。

「てっちゃん……祖母の写真が見当たらないんですけど……？」

店の一番奥。ひっそりと、けれども抜群に存在感を放っていた、ある白黒の写真がなくなっているのだ。それは若かりし日の祖母が白無垢姿で微笑んでいる、印象的な写真だった。

あの写真は、祖母に片思いをしていたというてっちゃんにとって、とても思い出深い大切なもののはずなのに。

「祖母……はて、八重子ちゃんのおばあちゃんとワシ、知り合いだったかのう？」

「えっ……――」

てっちゃんの言葉に耳を疑った。今「知り合いだったか」って言った？　そんなまさか、ありえない。気のせいに決まっている。

「なに言ってるんですか？　てっちゃん、私に祖母との思い出をいろいろ話してくれたじゃないですか。能登島《のとじま》の海で泳いでいた時に出会ったって……あ、ほら、禄剛崎《ろっこうさき》の灯台に二人でよく行ったって言ってましたよね？」

必死になっててっちゃんに問いかけるけれど、てっちゃんは小首を傾げるばかりで、どれもピンときていないようだった。それどころか、突然まくし立てる私に驚き、困っているように見える。

「君江《きみえ》、です。てっちゃんは『君《きみ》ちゃん』って呼んでいました……」

「き……みちゃん……？」

僅かな望みをかけてそう言ったものの、てっちゃんの白い眉はどんどん下がっていく。おかしなことを言う私を心配しているようだった。

「――ごめんなさい、なんでもないです……」

「八重子ちゃん、ちょっと疲れてるんじゃぁん。今日はワシの相手せんでいいから、はよ帰るんじゃ」

てっちゃんに背中を押されるようにして外に出ると、もう辺りはとっぷり暗くなっていた。店先の外灯がより一層光り輝き、私とてっちゃんの顔をぼうっと照らす。光の中で、てっちゃんが優しく手を振った。その温かさに涙が出そうになった。

――どうしよう。てっちゃんまでおかしくなってしまった。

さっき感じた小さな不安が現実のものとなって私に襲い掛かる。これはきっと、偶然なんかじゃない。なにかが起こっているんだ。この町の人の間で……なにかが。

駄菓子屋のおばあちゃんといい、てっちゃんといい、二人に共通するのは「あること」を忘れてしまったということだ。でもその「あること」に関する共通点はなんだろう？

それに、「記憶を失くしている」なんて、それってまるで、小さい頃の私みたいじゃないか。でも……――。

「ねぇ、聞いたけ？」

考え込む私の耳に突然飛び込んできた声。どうやら、買い物途中のおばさんたちが店先で井戸端会議をしているらしい。

「あれやろ？　本屋のしまちゃん……娘のみっちゃんのこと忘れてしもてんてね」

おばさんの一言に、心臓がどきんと鳴った。「忘れた」って……駄菓子屋のおばあちゃんやてっちゃんと同じ？

いつもはおばさんたちの会話なんか興味はないのだけど、今回は状況が状況だ。私は待ち合わせをする女子高生に扮して、おばさんたちの会話にそっと聞き耳をたてた。

「ほやほや！　それにさぁ、田中のおばあちゃんもラムネのこと知らんって言っとったわ。

なんかおかしくないけ？」

「精肉店の旦那もやわ。可愛がっとった犬のこと、わからんくなったみたいや。みんな揃いも揃って記憶を失くしとる。これって……ねぇ？」

おばさんの一人が意味ありげに言葉を区切ると、わざとらしく体を縮こまらせて、一言。

「――縁《ゆかり》さまの仕業やね」

囁《ささや》くような小さな声。だけども私の耳にはハッキリと届《と》いた。

縁さま――それは、鈴ノ守神社の神様の名前だ。記憶を盗ることで有名で、私の記憶もこの神様に盗られていた。たしかに記憶を失くした、と言われれば、縁さまを思い浮かべるだろう。

――ただし。そこには、ある条件が存在する。

縁さまが盗るのは「夏祭りの夜に、鳥居を一人でくぐる子どもの記憶」だけだ。しかも、この町出身ではなく外部から来た子どもに限定される。

だから、この町に住むみんなの記憶を縁さまが盗るはずはないのだけれど。

「やっぱりそう思う？　嫌やわぁ……とうとう私たちの記憶まで盗るようになったんやね」

「迷惑な……。今まで縁さまを信じとった私たちがバカみたいじゃないの」

「本当にねぇ」

おばさんたちは、その話が終わると満足したのか、散り散りになって去って行った。がらんと空いたその場所から、夜の凍えるような冷たい風が吹いてくる。気温のせいなのか、さっきから震えが止まらない。

――違うのに。縁さまは誰彼構わず記憶を盗ったりしないのに。そう言ってやりたかったけれど、春にここに越してきたばかりの私が言ったところで信ぴょう性はゼロだ。

だけど半年以上関わってきたからこそわかる。縁さまはそんなことしないって。「違う」って言えるのは私だけなのに……なにもできない自分が悔しくて、腹立たしい。私は乾いてカサカサになった唇をぎゅっと噛んだ。

とにかく今の私にできることといったら、この不自然な現象を縁さまや二紫名に伝えることだろう。

――早く教えなければ。気持ちばかりが焦ってどうしようもない。商店街を抜けて、神社に向かって駆けていく。神社までの一本道を、数メートルおきに置かれた街灯が頼りなく照らしていた。吐く息が白くなって横をすり抜ける。早く、早く……――。

日頃の運動不足のせいで、神社に着く頃には息は切れるわ、冬なのに汗をかくわで散々だった。こんなに一生懸命走ったのって、久しぶりかもしれない。

夜の神社は、昼間見る時よりもその神秘さに磨きがかかっていた。月の光に照らされて、鳥居の朱《あか》だけが暗闇にぼんやりと浮かび上がるのだ。

明かりのない長い石段を、足を踏み外さないよう注意深く上っていく。やっとのことで上りきると、ゆっくり辺りを見回した。

こんな時間だ。人気《ひとけ》のない境内はしんと静まり返り、周りをぐるりと囲むようにして生えている木々が、風に吹かれてさわさわと鳴る音だけが響いていた。龍の口が特徴的な手水舎《ちょうずや》や、きちんと並べられた柄杓、結ばれたおみくじ……普段見えているものがはっきり見えない暗闇の中の神社は、それだけで異空間へと連れていかれそうで、どこか恐ろしい。

「二紫名……？　誰かいないの……？」

急に不安になり小声で問いかけると、それを合図に傍らの植え込みがガサリと音をたてた。

「ひっ……！」

そこから勢いよく、二つの影が飛び出して――。

「やえちゃーん！」

「やえちゃーん！」

頭を抱える私の目に飛び込んできたのは、薄桃色の着物を着た可愛らしい二人の女の子だった。

「な、なぁんだ……あおちゃん、みどりちゃんか……」

見知った顔にホッと一安心。こんな時に驚かさないでほしいよ……。

二人とも、同じ着物、眉上で切り揃えられた前髪に、腰までまっすぐ伸びた亜麻色の髪と、どこからどう見てもそっくりな見た目。違うところといったら二人の目の色だ。一人は「青」で一人は「緑」。そこから私が彼女らに「あお」「みどり」と名前をつけたことが、もうすっかり昔のことのように感じる。

「やえちゃん、今日は来ないかと思ったのー」

「思ったのー」

頬を膨らませて私を見上げる二人。どうやら遅れてやって来た私に対して怒っているみたいだ。

「ごめんね、すっかり遅くなっちゃって。大変なことがあってね――」

「やーのやーの！　まっすぐ神社に来てくれないとやーの！」

「やーの！」

「あたしたち、ずうっとずうっと待ってたんだもんっ」

「ずうっとずうっと！」

「とーってもさみしかったんだからぁ」

「だからぁ」

二人の不満は止まらない。きゃんきゃん甲高い声で喚いていたかと思うと、ついには私の足に抱きついて、ぴょんぴょん飛び跳ね始めた。二人の動きに合わせて下駄の音がカラコロ鳴り、境内は一気に賑やかになる。と同時に、二人のお尻からパタパタと動くものが見えて、ぎょっとした。

「――って、尻尾尻尾！　出ちゃってるから！」

慌てて二人の尻尾を隠す。こんな姿を誰かに見られたら、翌日には一大ニュースになってしまう。ただでさえ田舎は情報が伝わるのが速いんだから。

だけど必死な私をよそに、二人はきょとんとしていて。

「やえちゃん、だいじょうぶー」

「ぶー」

「だれもいないのー」

「いないのー」

――あ、そうだった。

二人の言葉ではたと気づく。私ってば、さっきまで誰もいないことに恐怖を感じていたというのに。こんな様子を二紫名なんかに見られたら、またニヤリと笑って「阿呆《あほう》」と言われかねない。

「そ、そうかもしれないけど……とにかくあんまり出さないようにしよう？　ね？」

私の言葉に、二人は素直に頷いた。

この二人――あおとみどりは、小さな可愛らしい女の子の見た目をしているが、実は二紫名と同じ妖だ。なんの妖かというと……──。

「ぅおい犬ころども！」

「きゃうん」

「きゃうん」

突然の大声に体をビクリと震わせるあおとみどり。私はというと、聞きなれたその大声に「また面倒なことになったぞ」と心の中で呟いていた。くるりと振り向くとそこには案の定、見知った男が立っていた。

ボサボサで（よく言えば無造作で）墨のように真っ黒な髪に、真っ黒な着物。夜になると彼の存在は闇に同化してしまう。薄ぼんやりと見える白い肌と気だるげな薄い灰色の瞳だけが、彼がそこにいることを示していた。いきなり声が聞こえてきて驚くことがしばしばあるので、彼には蛍光に光るなにかを常に身に着けていてほしいものだ。

「へっへっへ……やっと見つけたぜ……ちまちまちまちま動きやがって。でもこれでおまえらも年貢の納め時ってやつ──」

「きゃー！　逃げるのーっ」

「逃げるのーっ」

男があおとみどりの方に手を伸ばした、まさにその時。二人は手を合わせ、体をめいいっぱい震わせた。その体はみるみるうちに変化していって……。

「きゃん！」

「きゃん！　きゃん！」

小型犬になった二人は、瞬く間に植え込みの奥へと逃げていった。

――そう、二人は犬……ではなく、この神社に住み着く狛犬なのだ。そしてもちろん、黒い着物のこの男も人間であるはずがなく。

「ったく……絶対捕まえてやるからな！　次はおまえらのどっちかが鬼だぞ！」

男があおとみどりに向かって大声を上げた瞬間、きっと寝ていたのだろう、木々にとまっていたカラスたちが、驚いて一斉にはばたいた。そのうちの一羽の羽根が、ひらひらと舞って私の頭に降ってきた。私はそれを摘まむと男を軽く睨む。

「――クロウ、大声はご近所迷惑だって、何回も言ってるでしょ！」

男はやっとこっちに気づいたようだった。目が合った瞬間、それまでのしかめっ面から一変、ニカッと満面の笑みを浮かべた。はっきり言って嫌な予感しかしない。

「八重子！」

案の定、男はさっきよりも更に大きな声で私の名を叫んだ。その声に共鳴して、仲間のカラスたちがカーカーけたたましく鳴きだしてしまう。

この男――クロウは、カラス……ではなく、同じくこの神社に住み着く烏天狗《からすてんぐ》という妖だ。

　にしても、二紫名もこのクロウも、妖の男は総じて私の言うことなんか聞きやしない。今だって怒る私に対して、嬉しそうにニコニコしている。

「八重子、遅いじゃねーか！　待ちくたびれて犬たちと遊ぶ羽目になったんだぞ。つうか、こんな時間にやって来たっていうことは、とうとう俺と契りを交わす気になったのか！」

　……ほらきた、面倒なこと。

　クロウと出会ったのは二紫名やあお、みどりと同じ、春のこと。なにがどうしてそうなったのか、どうやら私はクロウに気に入られたらしい。それ以来、こうして会う度に「契りを交わすぞ」と迫ってくる。だいたい、妖界でいう「契りを交わす」がどういう意味を持つのか、私にはわからないのだが。

「……契りは交わさないってば。ねぇそんなことより、まだ縁さま起きてるよね？　ちょっと遅くなっちゃったけど、今から会えそうかな？」

　あおやみどり、クロウの出現ですっかり頭の片隅に追いやられていた大切な使命を思い出す。商店街の人々の異変を早く縁さまに知らせなくては。

　縁さまの名前を出した途端、不機嫌そうに唇を突き出すクロウ。

「縁ィ？　……まぁ会えると思うけど」

「ありがとう！　じゃあ私行くね」

「おいおい待てって。八重子に話そうと思ってたことがあるんだ。実はこの前、面白いことがあって――」

「ごめん、クロウ！　また今度ね！」

私は、クロウの言葉を遮って縁さまと会える拝殿へと走り出した。背後からクロウの叫ぶ声が飛んでくる。だけど、ごめん。これ以上話を長引かせるわけにはいかないんだ。

まっすぐ伸びる石畳の参道の先、古く小さな拝殿に、縁さまはいる。いつ来てもここは神聖で、清らかな空気が漂っていた。

ハーッと小さく深呼吸。白い息がぷかりと浮かび、そのまま夜空に消えていく。

「縁さま。八重子です」

「…………」

普段はこうして声をかけると、空気がゆらりと揺れてお姿が現れるはずなのに。いつまでたってもなにも変わらず静かな拝殿のままだ。こんなことは今まで一度だってなかった。おかしい……。

心臓の音が速くなる。縁さまにまでなにかあったら、どうしよう……！

「縁さまっ！」

「八重子」

その時、焦る私を落ち着かせるように、低い声が私の名を呼んだ。いつの間にか、二紫名が隣に来ていた。彼の姿に安心したのか、急に目のふちに涙が滲んできた。

「二紫名……縁さま、どうしたの？　いるんだよね……？」

「まぁ焦るな。ちょっと理由があってな……見てみればわかるだろう」

「見てみればっていったって、どうしろって――」

――シャラン！

二紫名はそう言うと、賽銭箱の真上から釣り下がった麻縄を思い切り振り動かした。その揺れに合わせて真鍮製の大きな鈴が、シャラシャラうるさいくらいに鳴り響く。

その音量といったら、参拝の時に鳴らすそれの比ではない。縄が取れてしまうのではないかと思うくらい激しいのだ。

「ね、ねぇ……いくらなんでもやりすぎなんじゃ……」

「しっ……」

二紫名は唇の前で人差し指をぴんと立てた。仕方なく口を噤《つぐ》む私の耳に、待ちわびた声が届く。

「うーん……うるさいなぁ……」

――縁さま！

パッと顔を上げたら、さっきまではぴくりとも動かなかった空気が、突然ぐにゃりと揺らめいた。しばらくして収まったかと思うと、次第にその姿が浮かび上がってくる。

真っ白い着物を着た十二、三歳くらいの少年。着物と同じく雪のように白い肌をしたその姿は、まるで「色」という概念をどこかに忘れてきたかのように美しい。ミディアムの艶やかな黒髪に、黒く長い睫毛《まつげ》。儚《はかな》げなのにどこか意志の強そうな瞳は、まっすぐ私を見つめている。いつ見てもため息の出るほどの美少年……それが縁さまだった。

「まったく、ひとがせっかく寝ようと思っていたのに、一体なんの用だって言うのさ」

縁さまは、心の靄《もや》を一つ一つ吐き出すように言葉を紡いでいった。私の前ではいつも凛と佇んでいる縁さまなのに、今日は賽銭箱にもたれるようにしてやっとのこと立っているようだ。ここまで物憂げな様子は初めてかもしれない。どこか体の具合でも悪いのかも――。

「縁さま……」

「ああ、八重子。今日は遅かったね。僕がどれだけ待ったと思ってるの？　この僕が、ね。今日は先日やったっていう『きゅうぎたいかい』について話してくれるって言うから、それはそれは楽しみに待ってあげたというのに。君のために、この僕が。ねぇ、ちょっと遅すぎるんじゃない？　僕が待った二時間三十七分をどう償ってくれるんだろうね、八重子？」

――と思ったのは勘違いだったのか、縁さまのマシンガントークはいつもより絶好調のようだ。神様に氷のような視線を向けられる一般人って、私くらいなんじゃないかな。

「縁さま、あのね、商店街に寄ったらちょっと大変なことになって――」

「ふぅん、へぇえ、八重子は僕より商店街のみんなの方が好きなんだね。大事なんだね」

「え、そういうことじゃなくって、あのね――」

「ああ、いい、いい。もうなにも聞きたくない」

縁さまはわかりやすく頬を膨らませた。こういう時だけ見た目の年齢に寄せてくるのは、やめてほしい。

縁さまとの出会いも、やっぱり春だった。元々縁さまは祖母の話し相手だったらしいのだが、祖母が亡くなった今、私が代わりに身の回りであった出来事を話して聞かせているのだ。

この縁さま……初めて会った時こそわからなかったが、なかなかどうして厄介な性格をしている。そして、縁さまにはさすがの二紫名も頭が上がらないらしく、彼の恨みつらみや思いつき、ワガママなんかをすべて受け止めるのが、祖母から受け継いだ私の役目でもあった。

それでも多少仲良くなった今は、彼のワガママくらいでは動じないし、わりと対等に言い合えるようになったので、そこまで苦労することもない。

「――って本当に大事件なんですってば！」

このまま縁さまのペースに呑み込まれている場合ではない。商店街での出来事を思い出し、大声を上げた。

「……言ってみせてよ」

ようやく私の真剣さが伝わったのか、縁さまは一呼吸おいて私の目をじっと見た。途端に空気がぴりりと震え、緊張感が伝わってくる。

「実は……、商店街の人の記憶が失くなっているみたいなんです」

「記憶が？」

「はい。私が確認できたのは数人だけなんですけど、それでもみんなそれぞれ『なにか』を忘れているんです」

「『なにか』ね……、具体的には」

「駄菓子屋のおばあちゃんが『ラムネ』の記憶、てっちゃんが『私の祖母』の記憶を失くしています。あとは噂話ですけど、本屋のおばさんや精肉店のおじさんが、それぞれ『娘さん』と『飼っている犬』の記憶を失くしたそうです。しかもその噂話には続きがあって……――」

いざ本人を目の前にすると言いにくい。あなたの悪口を聞きましたよ、なんて。言い淀んでいると、縁さまは頬を緩ませ「それで？」と続きを促した。

「み、みんなは……記憶を失くしたのは縁さまが盗ったからなんじゃないかって言ってて……」

「ふぅん……」

縁さまは、さほど気にしていない様子で顎に手をあて思案していたが、やがて私ではなく二紫名に意味ありげな視線を送った。それに対し、二紫名は即座に頷き、口を開いた。

「八重子、それはきっと、みんな『大切なもの』の記憶を失くしているのだろう」

「大切なもの……」

「そうだ。田中さんにしても、飯田《いいだ》さんにしても、二人とも人生におけるかけがえのないものの記憶を失くしているだろう？」

二紫名に言われて合点がいった。たしかに「大切なもの」という括りなら、みんなに共通する。でも、それにしても、なぜみんなは記憶を失くしてしまったんだろう。ただの物忘れにしては異常だ。

私が考え込んでいると、縁さまが口を開いた。

「それだけじゃない。八重子、君のおかげでわかったことがあるよ」

「わかったこと？」

「うん。実はね……――っっ！」

縁さまが話し出そうとしたその時、それまで穏やかだった縁さまの顔が、急に歪められた。もたれかかっていた腕の力が抜けたのか、縁さまはそのままガクリと賽銭箱に突っ伏してしまった。慌てて二紫名が駆け寄って、縁さまの体を支える。

私は、目の前でなにが起こっているのか咄嗟《とっさ》に判断できず、ただただ呆然と突っ立っていることしかできなかった。二紫名によって起き上がらせられた縁さまの顔は、いつにも増して青白い。やっぱり、初めに感じた「どこか体の具合が悪いのかも」という印象は、勘違いではなかったのかもしれない。

「――とまぁ、残念なことに、僕は今、本調子じゃないんだよね」

まだ荒い息を落ち着かせるように、縁さまがゆっくり話し出す。「ふふ」と笑ってはいるが、苦し紛れなことは容易に見て取れた。

「なに、そんな顔しないでよ、八重子。別にどうということはないんだ。それに、君の今の話で、僕がなんでこんな状態なのかわかったんだから」

よっぽど酷い顔をしていたのか、縁さまは私を見て「仕方がないな」と小さな子を宥《なだ》める時みたいに、笑った。その弱々しい姿に胸が痛む。

「……どういう意味ですか？」

「僕ら神社に祀《まつ》られた神はね、その土地に暮らしている人々と密接に関わりあっているんだ。みんなが僕を厚く信仰してくれるから、僕も力を持つことができる。わかる？」

「は……い、なんとなく」

「それがだよ、今はどうだい？　みんなが『記憶を失くしたのは縁さまのせい』と噂しているそうじゃないか。その結果、信仰心が薄れて……――」

「縁さまの力が弱まった……！」

「……うん、そういうことだろうね」

ハッと閃いた私に、縁さまが満足そうに頷いた。しかし、だ。

「じゃ、じゃあ！　縁さまの力を戻すためにはどうすればいいんですか？」

わかっただけでは解決したことにはならない。実際に縁さまの力が弱まっているのだとしたら、これは早急に対処しなければならないのではないか——？

私の問いに、縁さまの口元が一瞬小さな弧を描いた気がした。

「それはまぁ……薄れた信仰心を元に戻してもらわなくちゃいけないよね」

「えーと、つまり……？」

「つまり……みんなの失くした記憶を取り戻してあげて、僕のせいじゃなかった、気のせいだったとみんなに思わせてほしいんだ」

——んん？

すごく……すごく嫌な予感がする。今の言い方って、もしかして……いや、もしかしなくても……。

寒いはずなのに、額からつぅと汗が流れた。瞬時にあの春の日々が頭の中を過《よぎ》る。

「あの……それって……まさか私にやれって言ってるんじゃない……ですよね……？」

ドキドキしながら「ノー」の言葉を期待して待つ。けれども無情にも、そんな私が食らったのは、縁さまのとびきりの笑顔だった。

「なに言ってるの。当たり前でしょ？」

「え、ちょっと待ってください！　だから私は普通の、ごくごく普通の女子高生なので……！」

「いやいや、もう僕と会話してる時点でその言い訳は通用しないからね？　むしろこんな名誉なこと、自ら喜んで志願してほしいくらいなんだけどさぁ」

　この強引なやり口、あの時とまったく同じじゃないか。

「ゆ、縁さまは神様なんだから、自分でなんとかできますよね？」

「えー？　僕、こんなだよ？　見たでしょ、さっきの……ゲホゲホッ。それに八重子だってみんなの記憶を取り戻してあげたいって思っているよね」

「そ……それはたしかにそうですけど……！」

　みんなの記憶を元に戻してあげたい、それは本心だ。しかし、それにしたって私にできることには限度がある。「私には無理です」と言おうとしたところ、縁さまから「ほら、二紫名も一緒なら安心でしょ？」という最終通告ともとれる言葉が飛び出した。

「…………………」

　くらりと眩暈《めまい》がする。さっき倒れたのも、こうなるように仕向けるパフォーマンスだったんじゃないかとすら思えてくる。

　――そうだ、二紫名。二紫名は!?

慌てて二紫名の顔を確認するも、彼は借りてきた猫のようにおとなしく、縁さまの言うことに一ミリの疑問も持っていないようだ。むしろ縁さま直々の頼まれごとがよっぽど嬉しいらしく、少年のようなきらきらした瞳で縁さまを見ていた。

――だめだ。

縁さまは私の顔をじっくり観察すると、なにがおかしいのかクスリと笑った。今の私の目には、その笑顔は天使の微笑み（神様だけど）ではなく、それはそれは恐ろしい悪魔のそれにしか見えなかった。

「よろしくね、八重子」

――それは十二月のはじめ。まだ雪が降る気配のない、冷えた夜のことだった。私の平和でのほほんとした田舎ライフは、やっぱり妖たちによって、いとも簡単に打ち砕かれてしまうのだ。

凍《い》て空《ぞら》に煌《きら》めく星々が、私たちの物語の再開を見守っていた。私と二紫名の、ご近所と記憶をめぐる物語の――。

弐　巫女と昴

――まったく、どうしてこうなってしまったんだろう。

ある休日の午後。カタン、コトン、と規則的なリズムが響く車内で、私は外の景色を眺めながらソワソワしていた。

車窓からは時折海が見え、灰色の分厚い雲が迫りくる陰鬱な冬の景色に、一筋の光を与えているようだった。すっきりと晴れていたら、きっと素晴らしい景色だったろうに。だけど、この北陸独特の冬空の下の海っていうのも、慣れてくると趣を感じるようになるから不思議だ。寂しげで、泣きたくなるような銀色の海。でも、だからこそ春の訪れが待ち遠しく感じるのだろうか。

ここから見える海岸は通称「恋路《こいじ》海岸」といい、恋人たちの聖地として有名らしい。なんでも、海岸に設置されている鐘を鳴らすと、「恋がかなう」とかなんとか。

夏場はクラスの女子たちの間でよく話題になっていたが、残念ながら「恋」というものから程遠い生活を送っているので、行く機会がなかなかないのだ。

今回私たちが向かうのも、当然その「恋路海岸」ではない。

長期休みでもないこの時期の電車は、ガランとしている。車内には私と二紫名以外人影はなく、それが原因で空気が重く感じる。

特に話すことはない。かといって、二紫名の隣でなんか、寝るに寝られない。困った末の折衷案が、「景色を見る」だった。

ふと、隣を見上げてみたら、二紫名も同じように窓の外を眺めていた。けれども群青色の瞳は海のもっと奥深く、私の見ることのできないなにかを見ているようで、それが少し寂しい。

……別に、楽しく会話をしたいとか、そんなんじゃない。前に二人でこの電車に乗った時は、そこまで緊張しなかったというのに、こうして二紫名と二人で出歩くのが久しぶりだからだろうか、なぜか妙に調子が狂う。

だって、よくよく考えたら、これって——。

「どうした」

「えっ」

絵画のようにぴくともしない横顔から、口元だけが急に動き出したので、心臓がひと際大きく跳ねた。見ていたことがバレていたなんて、恥ずかしすぎる。

「べ、べ、別に、二紫名のことなんか見てな——」

「なにか心配事か。さっきから珍しく無口だ」

二紫名がこっちを向いた。遠くを眺めていた瞳が、今度は私をじっと見つめる。その綺麗な群青に私が映り込んだ。

な、なんだ。見ていたことがバレたわけじゃなかったのか。いやしかし、それにしても。

「珍しくってどういう意味？　私、そんなにおしゃべりじゃないんだけど？」

「そうか？　いつもやたらとピーチクパーチク喚いている印象だが」

「そ、それは、いーっつも二紫名が強引だからでしょ！　今日だってなにも言わずに駅に連れてきてさ！　ま……まぁ、今回は私も同じこと考えてたからいいんだけどさっ……」

「……縁さまなら大丈夫だから、心配するな」

二紫名はそう言って目を細めると、私の頭をふわりと撫でた。

珍しいのは二紫名の方だ。いつもなら、あと二、三は私をおちょくる言葉が続きそうなものなのに。そんなに優しくするなんて、ああ、本当に調子が狂う。

私は、熱くなっていく頬を悟られないように、また視線を外の景色に移した。再び二人の間に静寂が戻る。

もしかしたら、縁さまの力が弱まっていることに一番参っているのは、ほかならぬ二紫名なのかもしれない。よく考えなくてもそれは当然のことだろう。二人の間にはある種の特別な信頼関係があるように見えるし、私なんかよりずっと前からそばにいて仕えているのだから。

いくら二人きり……が久しぶりだからって、浮足立っている場合ではない。

私だって縁さまには元気でいてほしい。もちろん、てっちゃんや駄菓子屋のおばあちゃんに関しても、大事な記憶を取り戻してほしい。

気合いを入れなおそうと両手で頬を叩く。パチンと予想以上にいい音がして、隣の二紫名がくくっと笑った。


冷たい潮風が海の匂いを運んでくる。海へと繋がる道沿いに、私たちの今回の目的地である小さな神社が佇んでいた。注意して見ないと気づかないくらいひっそりと。道行く人から見向きもされない、うらぶれた神社だ。まだ地面に残る落ち葉の絨毯を踏みながら、拝殿を目指す。

誰ともすれ違わないのはこの神社には不幸なことかもしれないけど、私たちにしてみれば好都合だ。彼女との会話を誰かに聞かれる心配はないのだから。

「大切なものの記憶を失くす」という特殊な状況からみても、誰かが意図的に盗《と》ったと考えるのが普通だろう。しかしそれは縁さまではありえない。となると、次に思い当たったのが、縁さま同様「盗る」ことで有名な、この神社の神様——望《のぞみ》さまだったというわけだ。

「で？」

そして今、その望さまが恐ろしいほど美しい怒り顔を私に向けていた。

艶やかな黒髪は一つにまとめられ、黒地に赤や白、ピンクの牡丹《ぼたん》の花があしらわれた派手な着物をきちんと着こなしている。きりりと吊り上がった勝気な目は、私の目の前で更に吊り上げられていた。唇は美しい弧を描いているものの、その一端がぴくりと動いたのを私は見逃さなかった。

「えっと……の、望さまが盗ったんじゃないかなぁって……」

可愛らしく小首を傾げてみたところで、望さまには通用しない。私に掴みかかってきそうな勢いで、座っていた賽銭箱の上から身を乗り出して叫んだ。

「ちょっと八重子！　久しぶりにやって来たと思ったらなによ、それ！　私があなたたちの商店街の人の大切なものの記憶を盗ったですって？　冗談じゃないわよ、冗談じゃ。いーい？　私が盗るのは可愛い女の子の『恋心』なの。そんな記憶、欲しくないわ」

ふんっと息を吐いて、私をじっとり睨《にら》んできた。どうやら、先日約束をすっぽかしたのが地味に影響しているらしい。

望さまと私の関係は、縁さまと私のそれに近い。ひょんなことから仲良くなったこの神様の元に、こうしてたまに遊びに来ては、楽しくおしゃべりしているのだ。

「でもね？　望さまには前科があるじゃないですか。祖母の記憶を盗った前科が……」

「……………」

そう。先ほど「女の子の恋心」しか盗らないと言っておきながら、望さまは祖母の大切な記憶を盗ったことがあった。神様のほんの悪戯心《いたずらごころ》。元は私が悪いとはいえ、散々振り回されて迷惑をかけられたことは、忘れたくても忘れられない。

「それはそれ、これはこれ、よ」

つーんとそっぽを向きながらそう答える望さま。本当に、この神様は誰よりもプライドが高いのだから。

「望さまの仕業ではないにしろ、なにか心当たりはございませんか」

このままでは埒《らち》が明かないと、見かねた二紫名が口を開いた。その言葉を聞いた途端、望さまは眉を顰める。

「……八重子、あなたが一人で来てくれればよかったのに。縁の狐《きつね》が私の神社に足を踏み入れているなんて、寒気がするわ」

「縁さまから『共に解決しろ』と仰せつかっておりますので」

「あなたには言ってないのよ、狐さん？」

――また始まった。こうなったら苦笑いするしかない。

この二人ってば、なぜだか相性があまりよくない。望さまが言うには、「あの縁の飼い狐なんて、信用ならないわ」らしい。

なわばり意識なのかなんなのか、人間の私にはわからない複雑な理由があるのかもしれない。ただこうなってくると、私が板挟みのようになってとても気まずいので、もうちょっと仲良くしてほしいものだ。

「ま、まぁまぁ二人とも！　ね、望さま。私もなにか心当たりがないか知りたいんですけど。ほら、例えば、縁さまや望さま以外に記憶を盗ることで有名な神様がいる……とか……――」

私がそう言うと、望さまはやっと機嫌が直ったのか、顎に手をあてて小さく「そうねぇ」と呟《つぶや》いた。その薔薇《ばら》色の唇からなにか有益な情報が飛び出すのではないか……と淡い期待を抱く。だけど――。

「残念ながらわからないわ」

望さまは情報の代わりにふぅ、とため息を漏らすと、力なく首を横に振った。

そ、そんな……。僅かな希望さえも絶たれてしまったわけだ。

早くも私たちの前に暗雲が立ち込めた。困ったことに、望さまが情報を持っていないとすると、完全に手掛かりがないことになる。縁さまと望さま……記憶を盗る神様なんて、この二人以外知らないのだ。

がっくり肩を落とす私に、望さまが「ただ」と付け加えた。パッと顔を上げると、望さまはばつが悪そうに視線を逸らす。

「ただ……これを言うのはすごく癪《しゃく》なんだけど……『鈴ノ守神社の縁』といえば、この界隈ではとても力があることで有名なのよ」

「そう……なんですか？」

あの面倒くさがりでワガママな縁さまが？　私が神社に行かないと次の日にはわかりやすいくらいに拗《す》ねている縁さまが？　……にわかには信じられない。

「本当よ。じゃなきゃ、あの規模の神社に烏天狗《からすてんぐ》や狛犬、そして極めつけにこの毛並みのいい狐を置いておくなんて、できやしないんだから」

望さまはそこまで言うと、ゴホンと咳払いして、大きな瞳を近づけてきた。

「……とにかく、何者かがその力を自分のものにしようと暗躍していてもおかしくないわ。あまりよくない予感がする……気をつけなさい」

「……はい」

望さまの声のトーンに周りの空気が張り詰める。この感じ、いつもの冗談……というわけではなさそうだ。例えようのない緊張感に、心がざわつく。

どうしよう。もし、私なんかが太刀打ちできないような強大な相手が、縁さまを狙うためにしでかしたことだとしたら。そんなこと考えたこともなかった。

今更ながら、ものすごくやっかいなことに巻き込まれてしまったような気がする。握った手のひらにじんわり汗をかいていた。私にできるのかな……。

「八重子」

そんな私の肩を、二紫名が優しく叩く。僅かな重み。体温は低いはずなのに、広がっていく温かさ。私一人じゃないことを思い出し、ホッと息をつく。

二紫名がついているんだから、きっと大丈夫。そう思えるくらいには、私は二紫名を信頼している。

「とりあえずこの話は持ち帰って縁さまに報告しよう」

「う……ん、そうだね」

悩んでいたって仕方がない。今できることをやらなくちゃ。二紫名に向かって力強く頷いてみせた。

「ありがとうございました、望さま。また来ますね」

帰ろうと踵《きびす》を返し、一歩踏み出した、その時——。

「ひゃっ！」

私の体に、突然ヒュッと冷たいものが入り込んできた。この感覚……！

驚く私の目の前には、さっきまで賽銭箱の上に座っていた望さまが。……やられた。

「体を通り抜けるのはやめてくださいっ！」

「もうそろそろ慣れなさいよ」

望さまは「ふふん」となぜか得意げにそう言い放った。まったく、この神様は……。

「無理ですって……」

縁さまや望さまに会うまでは、神様がこんなに悪戯《いたずら》好きだとは思わなかった。彼らは妖たちとは違い、物体に触れることはできない。もちろん、人間にも、だ。

そのことを利用して、度々私の体を通り抜けるのだ。背筋がゾクゾクするからやめてほしいと言っているのに、望さまにしても縁さまにしても、面白がってなかなかやめてくれない。

「……で、どうしたんですか？　望さま」

ため息をつく私に、望さまは意味ありげに微笑んだ。かと思うと、横にいる二紫名に視線をずらし、スッと真顔になる。

「ねぇ狐。ちょっと席を外してくれないかしら？　八重子と二人で話がしたいの」

「え？　話ならまた今度来るからその時に――」

「承知しました。……八重子、外で待っている」

「ええっ！　ちょっと二紫名！」

早く帰って今後の方針を固めたいのに。そう言おうにも、二紫名は光の速さで消えてしまった。まったく……普段私に対する態度とは違い、神様の言うことには信じられないほど素直に従うんだから。

「……望さま、また時間が空いたら遊びに来ますから、それまで待っててくれませんか？縁さまの体調も心配だし――」

「そんなことより！　八重子、あなたあの狐とどうなっているのよ」

望さまは瞳を輝かせて私の肩に手を置いた。触れられているわけではないのに、なんらかの作用で体が激しく揺さぶられる。

「聞、いて、ました？　人の、話っ」

「ああん、いいじゃない。恋愛の神様なのに最近誰も恋バナしてくれないんだもの。つまらないわ！」

「それは、望さまが、恋心を、盗っちゃうから、でしょ」

このままでは頭がシャッフルされそうだ。明日小テストがある身としては、それだけは勘弁してほしい。

やっとのことで「わかりましたっ」と叫ぶと、ようやく揺れから解放された。まだ頭がくらくら視界もぐらぐらしている。

「で？　で？　なにか進展でもあった？」

「進展って……私たち、望さまが考えているような関係じゃありませんから」

「えー？　なによそれ」

あからさまにガッカリする望さまになんだか申し訳なくなる。でもこればかりは仕方がない。

私と二紫名はきっと、ただの友達。「きっと」と付けたのは、私自身もこの関係をどう呼んでいいかわからないからだ。強引で腹が立つこともあるけれど、たまにふと優しい時もある。気づいたらいつも側にいる存在、それが二紫名だ。

大切な存在であることは確かだけれど、だからって勝手な想いで拘束はできない。それは彼も同じなのだろう、私に対して深く関わろうとはしてこない。

私と二紫名の関係性は、よくわからない。だけどただ一つ、はっきりしていることがある。それは——。

「それに……二紫名には婚約者がいるみたいですし」

小さく、吐き捨てるように言った。転がった言葉が地面に当たってパリンと割れた気がした。

——二紫名には、婚約者がいる。

そのことを知ったのは、事故みたいな偶然だった。二紫名は小町との会話の中で、サラリと、まるで今朝のご飯の内容でも言うようなテンションで婚約者がいることを言ってのけたのだ。

本当は知りたくなかったのかもしれない。あの時聞いた事実が、なぜだか今も私の足に絡まりついて、うまく動けないでいる。不意に思い出しては胸が痛くなる。

「婚約ゥ……？　おかしいわね。そんな話聞いたことないわよ。あの狐は縁の一番弟子なはず……婚約したとなると盛大に祝ってもいいものなのに」

「い、いいんです、とにかく望さまが喜ぶような話ではないんで！」

必死になって言い返す。これ以上この話をしたくなかった。

望さまは「ふゥん」と言いつつ、なにか考え込むと、こう言った。

「ま、いいわ。じゃあ他に面白い話はないの？」

「ええっ……!?」

面白い話なんてそうそうあるものではない。しかし望さまは「なんとしてでも面白い話を聞かせてもらうわよ」とでも言いたげに、私の次の言葉をわくわくした面持ちで待っていた。

なにか……なにか、ないかな。記憶の引き出しを片っ端から開けていく。——そうだ。

「恋バナ……ではないんですけど——」

そう切り出したのは、例の最近よく見る夢の話だ。泣いている着物姿の男の子のことが、どう頑張っても思い出せない。どうしてなのかもわからない……と。

解決するとは思っていない。話に興味をなくして私を解放してくれるんじゃないか……という淡い期待をしつつ、軽い気持ちで言ってみたのだ。けれど予想に反して望さまはじっくり考え込むと、ぽつりと一言。

「それって、八重子の記憶の箱が関係しているんじゃないかしら」

そう言って私をまっすぐ見つめてきた。

「記憶の箱……？　でもあれは、全部回収したはず……」

「それ、本当に全部だったの？」

「えっ？　それってどういう――」

なにを言っているのかわからず、望さまの顔をじっと見た。ふざけているわけではなさそうだ。

記憶の道に入った時のことを反芻《はんすう》する。あの時、目の前に二つの箱があった。一つは小町や昴との思い出。もう一つは祖母との思い出だ。それで全部……いや、待てよ？

なにか引っかかりを感じ、その手前まで巻き戻してみた。そうだ、記憶の道に入る前のこと……縁さまが言った、あの言葉。『記憶の箱が三つある』と――。

「――記憶の箱は一つ足りなかったみたいです」

はぁ、とため息交じりにそう答えた。私って、肝心なことが抜けている。なんの疑問も持たずに今まで生活してきたことが恥ずかしい。自分の記憶のことなのに。

そんな私を見て、望さまがこくりと頷いた。

「足りなかった記憶の箱……きっと誰かが持ち去ったのね」

「でも、誰が？」

私の記憶なんて持ち去って得な人がいるとは思えないし、ただの悪戯にしてはタチが悪い。きっと、持ち去った人は相当意地悪なんだろうな。

無意識にしかめっ面になっていたのか、望さまがふふっと吹きだした。

「取り戻せるといいわね」

私の失われた記憶は、神様であってもどうしようもないらしい。

「――望さまはなんと仰《おっしゃ》ったのだ」

「へ？」

神社への帰り道、隣を歩く二紫名がふいに呟くように言った。突然のことで反応が遅れる私に、「歩きながら寝るとは器用だな」といつもの戯《ざ》れ言《ごと》が飛んでくる。

「ね、寝るわけないでしょ！　急に訊いてくるからびっくりしただけで……っていうか、二紫名こそ気になってたならすぐ訊けばよかったのに。電車に乗ってる時は妙に静かだしさ。……もしかして寝てた？　なぁんて」

やられっぱなしじゃ悔しいので、ここぞとばかりに反撃してみる。こんなチャンス滅多にないから、思わずにやけてしまう。だけど二紫名はそんなことを気にする素振りも見せずに、淡々と言葉を続けた。

「考え事をしていたのだ。望さまが仰っていたこと……誰かが縁さまの力を奪おうとしているのではないか……ということについて」

「ねぇ、そのことなんだけど……そんなことってありえるの？　だって、望さまは縁さまのこと好きじゃなさそうだけど、力を奪おうとかそんな風には思ってないよね。他の神様だって同じじゃないのかな？」

いつの間にか三歩先を行く二紫名に追いつこうと、早歩きで駆け寄る。二紫名の雪駄《せった》の音が、どこか急《せ》いているように感じて、さっきの反撃が失敗したのなんてすっかり吹っ飛んでしまった。

「神様の仕業とは限らない」

「え――」

二紫名の声色が急に変わって、ドキリとする。

「どういう意味？　それって妖ってこと？　……二紫名、もしかして心当たりでもあるの？」

二紫名はちらりと私を見ると、ゆっくり息を吐き、そのまま天を仰いだ。

「……雨が降りそうだな。神社へ急ごう」

つられて私も空を見る。行きよりはるかに黒い雨雲が、私たちの頭上に広がっていた。風が轟々《ごうごう》と唸る。これから一波瀾《ひとはらん》ありそうな、そんな嫌な予感がする。

何者かが縁さまの力を奪おうとしているのが事実なら、縁さまのことが心配だ。それに……二紫名の様子が変なことも気がかりではある。

私はそれ以上なにも訊かずに、二紫名の背中を見守るようにそっと歩く。二紫名の雪駄の音がいつまでも胸に響いた。

鈴ノ守神社といえば、住民の心の拠《よ》り所《どころ》だ。とはいえ、みんな各々ひっそりとお参りに来るので、夏祭りの日以外は特に混雑することはなかった。それが、だ。

「ねぇ二紫名……これって……？」

自分の目を疑う。それもそのはず、神社に着いた私たちを待っていたのは、今まで見たこともないような人の渦だった。なんでもない普通の休日だ。なんの用事があってこれだけの人が集まっているのか。

町の人だろうか？　スーツ姿のおじさんや、ほんのり赤ら顔のおじいちゃんなど、多種多様な人々が境内を慌ただしく動き回っている。私はわりと神社に来ている方だと思うが、そんな私でも見知った顔がいなかった。一体なにが起こっているんだろう？

初めてのことに面食らった私は、その場でしばらく呆然としていた。すると――。

「二紫名くんっっ！」

人混みの中から、テノールのよく響く声が二紫名を呼んだ。聞き覚えのない声。しかも、私ではなく二紫名を呼ぶなんて、珍しい。

「惟親《これちか》殿。あなたが境内に出てきているなんて珍しいですね」

――ん？　これちかって……どこかで聞いたような？

ほんのちょっとの疑問を持ちながら、二紫名が振り向いた先に視線を向けた。

真っ先に目に飛び込んできたのは、白い着物に濃い紫の袴姿のがっちりとした体。見上げてようやく、たくましい髭を蓄えた顔が目に入る。大きい……とにかく大きいのだ。二紫名も大概背が高いのだが、それよりも数十センチは更に上。その大きさといったら、髭面とも相まって、熊と見間違えたといってもおかしくないくらいのものだ。

熊……もとい男性は私に気づくと、大きな口を更に大きく開いて笑った。

「わっはっは！　そう驚くなや」

「八重子、安心しろ。こう見えてもここの宮司をしておられるお方だ」

男性は腰をかがめると、私にずいっと近づいた。

「ほうかほうか、君が『八重子』ちゃんというわけか！　想像通り、可愛い子やなぁ。はっはっは！」

——宮司!?

二紫名の言葉に、信じられない気持ちでその男性をまじまじと見た。だって、「宮司」ということは、それってつまり——。

「あの……昴くんのお父さん……ですか？」

自分で口に出しておいてなんだけど、やっぱり信じられない。あの可愛くて、気弱で……この男性とは正反対に位置するような昴が、この人と親子だなんて。もしそれが本当だとしたら、昴も大きくなったら熊みたいになるのだろうか。……あまり考えたくない。

「その通り！　私が昴の父、涼森惟親や。いつも昴と仲良くしてくれてありがとう！」

そう言って、男性はふっと目を細めるようにして優しく笑った。その表情が、どことなく昴に似ている気がして、ああ本当に親子なんだなと改めてそう思った。

「い、いいえ。こちらこそ、昴くんにはとってもお世話になっていて……」

「……それに、うちの縁さまが大分引っ掻き回したようで、その節はすまんかったなぁ。記憶の道なんて、一般人は入るもんやない。心細かったやろ。本当に、うちの男どもはどいつもこいつも強引でマイペースなやつらばっかりで、八重子ちゃんには迷惑かけてしもて」

「記憶の道」という単語が飛び出して、私は一瞬固まった。惟親さんは全部知っている？　それとも……。

「あの……私……」

焦る私に、惟親さんはまた豪快に笑った。

「はっはっは！　なぁに心配せんでいい！　もちろん全部知っとるよ。八重子ちゃんが記憶を失くしたことも、道具探しを手伝ってくれたことも、二紫名くんと一緒に記憶の道に入ったことも。本来なら私も手伝えたらよかったんやけど……申し訳ない。情けないことに年々力が弱ってしまって、縁さまのお姿でさえ、もう視《み》ることはできないんや」

「力……？」

「ほうや。宮司になる子は、代々力を持って生まれてくる。その力で神社に祀《まつ》られた神様と交信して、神様の想いを地域の人々に伝えたり、反対に地域の人々の想いを神様に伝えたりするんや」

「へぇ……！」

初耳の情報に驚く。それとともに、あることに気づいた私は、その場で跳び上がりたい衝動にかられた。

「じ、じゃあ！　昴くんも力を持っているってことですよね？」

宮司になる子は代々力を持って生まれる――ということは、昴だって力を持っていることになる。

昴も縁さまを視ることができるなんて、それってとっても素敵なことだ。縁さまとお話するのも二人で協力できるし、なにより、私と縁さまのことを隠さなくてもいいってことになる。昴が私と同じなら、かなり心強い。わくわくして返答を待った。

「ああ、昴は――」

「涼森さん！」

惟親さんがなにか答えようとしたその時、スーツ姿の男性が息を切らして駆け寄ってきた。そのままなにやら小難しい会話を始めてしまう。

ポカンとする私に気づいた惟親さんは、会話を中断させると申し訳なさそうに私を見た。

「いやぁ、もうすぐ年末やろ？　師走《しわす》大祓式《おおはらえしき》や歳旦祭《さいたんさい》が控えとって、お手伝いの人が増えとるんや。一応宮司やからなぁ、すまんがちょっと行かなきゃならん。八重子ちゃんはゆっくりしていきまっし。はっはっは！」

「あ……はいっ」

一旦はスーツ姿の男性とともに背中を向けた惟親さんだったが、三歩歩いたところで「ほうや、ほうや」と呟きながら振り返った。

「――言い忘れとった。巫女《みこ》のお手伝いをしてくれる新人さんが来とるから、二紫名くん、面倒みてくれんけ」

その瞬間、二紫名が怪訝《けげん》そうに眉を顰める。面倒ごとを人に押し付けるわりに、自分が被るのは嫌なのだ。勝手なやつ、と心の中で毒づいた。

「面倒……と言いますと？」

「ああ、なぁに、巫女の仕事のことは一通り教えてあるから大丈夫や。なにかほかにも手伝いたい言うとったから、いつも二紫名くんやクロウくんがやってくれとる掃除なんかをさせてやってほしいんや」

「掃除？　……しかし惟親殿、私たちは――」

「拝殿の方に向かったみたいやし、よろしく頼むわ！　わっはっは！」

惟親さんは二紫名の言うことなどなに一つ聞いていない、といった感じで、今度こそ私たちに背中を向けて歩いて行ってしまった。残された二紫名の不満げな横顔が目に入る。

「に、二紫名……面倒くさいのはわかるけど、みんな忙しいんだし、教えてあげようよ。ここは大人になってさ、ね？」

まったく動こうとしない二紫名の袖口をつんと引っ張る。二紫名は、そんな私をじろりと睨んできた。

「阿呆《あほう》」

「……は？」

やっと歩き出したと思ったら……出た、『阿呆』。言われ慣れていてもやっぱりカチンとくる。

「な、なにが。二紫名がやる気なさそうだから言ってあげたんだよ？　新人さん教育も仕事の一つでしょ」

「……だから八重子は阿呆なのだ。いいか、その『新人さん』とやら、どんな人だと思う？」

「どんなって……変な人じゃないと思うよ？　昴のお父さんが選んだんだから、普通の人じゃない？」

「そう、普通の人だ」

「………？」

二紫名の言いたいことがよくわからず、ゆっくり首を傾げる。普通の人だとなんだというのか。二紫名やクロウ、あお、みどり……と、妖に囲まれて生活している私からしたら、普通の人というだけでホッと一安心なのだが。

そんな私を見て、二紫名は盛大なため息をついた。

「いいか、俺たち妖は、極力人間と距離を保って生活している。なぜかわかるか」

「？　……えーと、妖であることがバレないように……？」

「そうだ。ここで暮らして長い俺はともかく、クロウや、普段神社から出ることのないあおとみどりなんかは、人間との付き合い方を知らない」

「ふふ……たしかに、あおちゃんとみどりちゃんはよく尻尾を出しちゃうからなぁ……――あ」

脳内で繰り広げられる想像。新人さんに遊んでとばかりに飛び掛かるあおとみどり。そのお尻には尻尾がぴょこんと生えている。そして、クロウはクロウで「これだから人間は」なんて言葉を簡単に口に出してしまいそうだ。

みんなが普通の人間と一緒に過ごすなんて、妖だとバレるリスクが高すぎる！

「やっと気づいたか」

二紫名が私を見てニヤリと笑った。

「ちょ、ちょっと！　やばいんじゃない？　どうしよう！」

サーっと血の気が引いていく。バレたらどうなるんだろう。噂はあっという間に広がってしまいそうだ。この町の人々は、妖を受け入れてくれるだろうか。もし拒絶する人が出てきたら……。

頭の中でぐるぐると、独りでに思考は進んでいく。

「どうしようもなにも、惟親殿に頼まれたものは断れるはずもない。……ほら、噂をすれば、だ」

二紫名に頭を掴まれて、ぐりんと無理やり方向転換させられた。ヒヤリと冷たい手の感触に驚き「ひゃっ」と声を漏らしたが、文句を言うどころではなかった。それよりもっと注目すべきものが目の前に現れたのだ。

女の人だ。黒い髪をシニヨンに結い、えんじ色の着物に白いストールを巻いている。拝殿の前できょろきょろ辺りを見回して、なにか探しているようだった。

彼女が、昴のお父さんの言っていた「新人さん」だろうか。

二紫名について彼女の元へ歩いていく。近づくと彼女はこちらに気づき、安心したかのようにはにかんだ。少しつり目気味の瞳は、笑うとスッと細くなる。白い肌。目の下に小さなほくろがあるのが目についた。年齢は私より少し上くらいだろうか。小柄で線の細い、儚《はかな》げな女性だ。

「ああ、よかった。あなたが西名さんですか？」

——チリン。

鈴のような声だと思った。……ううん、実際に声がした瞬間に鈴が鳴った気がしたんだけど、二紫名の方を見ても特に不審に思っている様子はない。私の気のせいだろうか？

「はい。ではあなたが惟親殿の言っていたお手伝いの？」

「ええ。真白《ましろ》、と申します。ひと月ほどの短い間ですが、よろしくお願い致します」

真白さんは深く頭を下げた。丁寧で感じのいい人だ。二紫名もいつもの胡散《うさん》臭い笑顔で普通の人間を装っている。

「——では、ご案内します。私はわけあって日中留守にすることが多いので、代わりにあなたに仕事を教える者として黒羽《くろう》、という人物を紹介しましょう」

「え！」

二紫名の言葉に真っ先に反応したのは、真白さんではなく私だった。

「なんだ八重子」

「だってだって、クロウって……無茶じゃない？」

あんななんの配慮も常識も持ち合わせていない人……いや妖に、真白さんの面倒が見られるとは思えない。早々に正体がバレるのがオチだろう。

「そうは言っても俺は八重子と共に調査に出ることが多い。クロウに頼むしか——」

「そ、そうかもしれないけど！」

「あの――」

私たちが言い合っていると、真白さんが遠慮がちに口を挟んできた。おずおずと視線を向けるその先は、なぜか二紫名ではなく私の方で。

「すみません……あの、そちらの方は……？」

「え……あ！　私は、その……」

「この子は円技《つぶらぎ》八重子といいます。惟親殿の息子さんとお友達ということで、しょっちゅう神社に遊びに来るのです。それで、私たちとも顔見知りに」

――よく言うよ、そっちが連れてきたようなものなのに。

ということは言えるはずもなく。私は私でボロが出ないように必死で微笑むのだ。

「あ、あの、八重子です」

「八重子さん……ふふ、よろしくお願いしますね」

「は、い……あのっ、こ、こちらこそ……いっ」

ぎこちない挨拶をしたからか、二紫名に小突かれた。だって仕方ないじゃない。バレないように……と意識すると、どうしても不自然になってしまうんだから。

私たちは連れ立って社務所に向かった。ここの奥にある部屋は、境内に人がいる時にクロウやあお、みどりが隠れる場所でもある。つまり、みんなの溜まり場というわけだ。

カラカラと戸を開けると、中から賑やかな声が聞こえてきた。古い、木の廊下を進むとその声は段々はっきり聞こえてくるようになって——。

「クロちゃん、ズルなのー」

「ズルなのー」

「はぁ!? そういう戦法なんだよ。悔しかったらおまえらも技を磨け、技を」

「むうっ!」

「むうっ!」

……なんだろう。なにをしているのかわからないが、真白さんに見せられる状態じゃないことは確かだ。

「ちょっとみんな聞いて」

奥の部屋の戸を思い切り開ける。すると目に飛び込んできたのは、畳に並べられたトランプと、それを囲むようにして座るクロウとあお、みどりだった。……トランプ?

あおとみどりは私を見るなり、パァッと花が咲いたみたいに満面に笑みを浮かべる。バンザイをして手に持っていた数枚のトランプがパラパラ落ちた。

「きゃー! やえちゃんなの!」

「やえちゃんなの!」

「八重子、ちょっと聞いてくれよ。こいつら俺がルールを守ってやってるってのにズルだって言うんだぜ。俺はただスペードの3を出さないようにしてただけなのに」

クロウまでしゃべりだして辺りは一気にお祭り騒ぎだ。あっちこっちからわーきゃー聞こえてきて収拾がつかない。

「ち、ちょっと待って。ルールってなんの話？」

「なにって……七並べ？」

「え――」

確かに、そう言われればトランプの並びが七並べのそれになっている。ああ、たしかにスペードの3で止められているな。いつの間に七並べなんか習得したんだろう……って、今はそれどころじゃなくって！

「それについては後であおちゃんとみどりちゃんに説明しておくから……。それより、ちょっとみんなに聞いてほしいことがあるんだけど」

んん、と咳払いをすると、三人は目を丸くして私の言葉を待った。後ろに立つ真白さんに、前に出てきてもらう。

「この方、真白さんというの。年末年始に向けて神社のお手伝いに入ってくれることになったんだって」

「それで、クロウに面倒を見てもらいたいのだ。ここ社務所や拝殿、その他、諸所の掃除のやり方を指導してやってほしい」

　二紫名に言われたということもあり、クロウはあからさまに不機嫌になった。やる気のないタレ目に一層磨きがかかる。頭をがしがし掻くと、壁にもたれかかってハーッとため息をついた。

「はぁ？　なんで俺がそんなことしなきゃいけねぇんだよ」

「ごめんね？　クロウ。私たちはほら……調べなきゃいけないことがあるから……」

「そう言っていっつものけ者にするんだよなぁ。八重子、たまには俺ともデートしろよ」

「デ!?　いやいや、別にデートじゃないからね」

　いつもこうだ。彼らの前だと真面目な話もあらぬ方向にいってしまう。それにいちいち乗せられてしまう私にも問題があるんだけど。

「戯れはそこまでだ。クロウ、おまえはタダでここに寝泊まりしている身。拒否権はないと思えよ」

　見かねた二紫名がクロウに向かってピシリと言い放った。クロウは、というか、妖たちはみんなその言葉に弱いのだ。なんでも、受けた恩は必ず返す主義らしい。思った通り、クロウは「うっ」と言ったきり黙り込んでしまった。

「あお、みどり。おまえたちも一緒に手伝うんだぞ」

「わぁい！　楽しそう♪」

「楽しそう♪」

嬉しそうにぴょんぴょん跳ねるあおとみどり。彼女らの尻尾が出てしまうのでは……と心配だったが、今のところ大丈夫そうだ。

「――というわけで。真白さん、この黒い着物を着た目つきの悪い男が黒羽。こう見えてもここに来て半年以上経つので、わからないことがあったら彼に訊いてください。そしてこの二人があおとみどりです。青い目をしているのがあお、緑の目をしているのがみどり、と覚えてください」

「…………」

「真白さん……？」

いつまでも返事がないことを不思議に思い、真白さんの顔を覗き込む。すると彼女はぼうっと、まるで熱に浮かされているかのように、とある一点を見つめていた。その熱い視線の先にいたのは、あろうことかクロウだった。

「あなたは……あの時の……っ」

そう言う真白さんの瞳に涙が溢《あふ》れてきて思わずぎょっとする。そんな私の様子を気にも留めないで、真白さんは一直線にクロウの元へ駆け寄り、その体に抱きついたのだ。

「あの時は私のことを助けてくださってありがとうございます……！　ずっとずっと、お会いしとうございました」

きっと、多分、ここにいる全員が思ったことだろう。『あのクロウが人助け？　ありえない！　絶対に人違いだ』……と。現に二紫名も私も、あのいつも賑やかなあおとみどりでさえも、なにも言えずにただぽかんと口を開けるだけだった。辺りは変な空気に包まれた。

「おいおいおい！　なんなんだよこの女！」

そんな変な空気を打ち破ったのは、空気を読まないクロウの大声だった。クロウは真白さんを引きはがすと、私たちに助けを求めた。

「私……のことを、覚えてらっしゃらないのですか……？」

「はぁ？　知らねぇよ」

「そんな……！」

真白さんの表情がどんどん沈んでいく。

――いけない！　せっかくお手伝いで来てもらっているのに、嫌な気分にさせたら申し訳なさすぎる。

残念ながらこのメンバーで空気を読めるのは私だけ。人生経験がない分、分は悪いが仕方ない。なんとかこの場を収めるべく口を開いた。

「あっ……あの黒羽……のことは気にしないでください。えっと……き、きっと忘れちゃってるだけなんですよ。そのうち思い出しますって」

「鳥頭だからな」

「んあ!?　なんだとっ！」

クロウが二紫名に掴みかかる。「それがどうした」と言わんばかりに無視を決め込む二紫名。楽しいことが始まったと勘違いしてきゃっきゃと飛び跳ねるあおとみどり。

ああもう、本当にやっかいなんだから！

「あの！」

そんな状況で声をあげたのは、真白さんだった。

「あの……いいんです、私。八重子さんの言う通り、どこかで思い出してもらえるかもしれないし。それに……──」

真白さんは目のふちに溜まった涙をそっと拭い、にこりと微笑んで──。

「──またお会いできただけで嬉しいんです。よろしくお願い致します、黒羽さま」

そう言って、再びクロウの体に身を寄せた。

「な、な、なんなんだよ、あんた！　は、離れろ！」

「真白です。黒羽さま」

うっとりとクロウを見上げる真白さんに対し、氷のように固まるクロウ。

真白さんは案外ガッツがあるのかもしれない。冷たく拒否られたのにこの反応。あのクロウが面白いくらいにたじろいでいる。それにしてもクロウってば、いつの間にこんな綺麗な人と知り合ったんだろう。

「よかったな、クロウ。お似合いだぞ」

「ふっざけんな！　俺はなぁ、こんなわけのわからない人間となんかっ……ふぐっ」

——あ！

二紫名が慌ててクロウの口を塞いだが、もう遅い。一番危惧していたことが起こってしまった。クロウのやつ、「人間」だなんて口走って。

「人間……？」

きょとんとする真白さん。そりゃそうだ。

「わーわー！　なんでもないんです、なんでも！」

「……？　でも今、人間って——」

「に、人間っていいですよね！　人間に生まれてよかったなー！　うふふ」

だめだ、これ以上一緒にいたらボロが出てしまう。

まだ不思議がる真白さんの背中をぐいぐい押して、社務所の外に出した。うまく誤魔化せたかはさておき、早急に！　一刻も早く！　彼らと引きはなさなければ。

戸を閉めてとりあえず一安心。クロウにはあとでよーく言っておかなければ、なんてことを考えていると、二紫名がふいに口を開いた。

「今日はもう終わりにしましょう。真白さん、明日からよろしくお願いします」

「え……ええ」

「では、私たちはこれで失礼します」

二紫名が背中を向けて歩き出したので、私も慌ててお辞儀をして後を追った。

私と二紫名は薄暗くなった境内を、今度は拝殿に向かって歩く。幸い、激しかった人の往来は落ち着いたようで、境内はいつもの静けさを取り戻していた。この様子なら、縁さまも顔を出してくれるだろう。

惟親さんからの頼まれごとですっかり遅くなってしまったが、私たちには、縁さまに望さまの言葉を伝えるという大切な使命があるのだ。

「……なんとか誤魔化せたみたいだね。あの三人、明日から心配だなぁ。妖だってことがバレないといいけど」

ふぅ、と息を吐く私を見て、二紫名がクックと意地悪く笑った。

「な、なに」

「八重子、なかなか面白かったぞ」

「なにがっ」

「『人間に生まれてよかったな』だったか？」

「……！　あ、のねぇ、あの時はただ必死で……って笑いすぎ！」

笑いやまない二紫名の背中をバシッと叩く。二紫名の「痛っ」の一言が聞けると思ったのに、代わりに聞こえてきたのはまさかの「八重子さん、西名さん」という可憐な声だった。

——なんで!?

心臓が口から飛び出そうになる。恐る恐る振り向くと、すぐ後ろにさっき別れたはずの真白さんが立っていた。いつからそこにいたのか……。気配をまったく感じなかったのが、なんだか不気味だ。

「え……あの、帰ったとばかり……」

今の会話を聞かれていたらどうしよう。そうなれば今度こそ言い逃れはできない気がする。

真白さんはくすくすと楽しそうに笑った。

「ふふっ。ちょっと、お二人がどこに行くのか気になって。そちらは拝殿の方向ですけど……拝殿になにか御用で？」

「えっ！　えっと……あの、ほら、お参り！　そう、お参りして帰ろうかなと思って！」

「では、私もご一緒してもよろしいですか？　鈴ノ守神社の神様にご挨拶しておきたいのです」

「えーと……——」

一緒になんて、そんなのできるわけない。真白さんがいたら望さまの言っていたことを報告できないし、そもそも縁さまだって現れてはくれないだろう。でもそんなことを言えるはずもなく。

困った私の額からは大量の汗が湧き出てきた。口を開いたはいいが、うまい言い訳が出てこない。

「――雨が」

「え……？」

そうこうしていると、二紫名が小さく呟いた。雨？　たしかに、てのひらを上に向けてみると、そこにポツリポツリと雨粒が落ちてくる。まだほんの小雨。だけど重苦しい空模様が、これから強い雨になることを予感させた。

「真白さん。雨が本降りになる前に帰った方がいい。綺麗な着物が濡れてしまいます。挨拶はまた明日でもいいかと」

二紫名はそう言って目を細めた。真白さんは一瞬、ほんの少しだけ目を見開いたかと思うと、やがて二紫名に合わせるように微笑み返した。

「――ええ、そうします。神様にはいつでもお会いできますものね」

「では、また明日」

静かに、それでいて激しく。二紫名から醸し出される空気が、以前クロウと初めて対峙した時のそれになっているのを感じた。肌がピリピリと痛むのは、寒さのせいなのか、それとも……――。

「ね、ねぇ二紫名、そんなあからさまに威嚇《いかく》しなくてもよくない？」

今度は真白さんの背中をしっかり見送ってから、二紫名に声をかけた。

真白さん……雰囲気のある不思議な人だった。クロウたちがなにも反応しなかったことを考えると、本当に普通の人間なんだと思うけど、それにしては二紫名の様子が変だ。いつもより余裕がないというか、殺気立っているというか……。

「念のため、だ。無闇に首を突っ込まれても困る」

「うん……まぁそうなんだけどさ……」

――ねぇ二紫名、本当にそれだけ？　そう言おうとしてやめた。彼が昼間、遠くの海を見つめていた時と同じ目をしていたからだ。二紫名は肝心なことは私に言わない。

こういう時、私には入り込めない領域があることをひしひしと感じる。やっぱり私は人間で、ただの女子高生で、二紫名の力にはなれないんだ。


「――なにか新しいことでもわかったの？」

拝殿に入るなり、縁さまの声が響いた。どうやら、私たちが来るのを今か今かと待ち構えていたらしい。その証拠に、いつもならこちらから声をかけないと出てきてくれないというのに、今日は賽銭箱の上に陣取って、私たちを出迎えてくれた。

私はきょろきょろ辺りを見回し、誰もいないことを確認する。

「縁さま、体調は大丈夫？」

先日の倒れた姿が脳裏を過《よぎ》る。ただでさえ信仰心が薄れて辛いのに、今日は人通りが激しかった。疲れているんじゃないかと心配になる。

「ん〜……良くはないよね。なのに惟親ったら僕のことなんかまったく考えないで、次から次へと人を連れてきてさぁ。配慮ってものを覚えてほしいよね」

縁さまはそう言って口を尖らせた。

そうか、宮司さんに力がないと、そういう弊害もあるんだな。でも、それならば昴に頼めばいいのに。そう口に出そうとした瞬間、縁さまが口を開いた。

「――まぁ、そんなことはいいんだよ。それより君たち、今日のぞみんのところに行ってたでしょう？　なにを言われたか教えてよ」

「のぞみん……って望さま？　なんでわかるんですか？」

望さまのことを「のぞみん」と呼んでいることに衝撃を受けたが、この際それは置いておくとして。私たちが隣町に行ったことを縁さまが知っていることに私は驚いた。

「ふふ、八重子のことなら僕はなぁんでもお見通しだよ」

ちょこんと首を傾げ微笑む様子はとても可愛らしいが、よく考えればなんとも物騒なことを口走っている。

「へ、へぇ…………」

「八重子」

神様って怖いな……なんて思っていると、横から二紫名に小突かれた。

「っ……そうそう！　望さまが言っていたんです。何者かが縁さまの力を自分のものにしようと暗躍していてもおかしくないって」

「ふぅん……。それってつまり、僕の力を奪うために誰かがわざと町の人々の記憶を盗っているってこと？」

「た、多分……」

縁さまは眉根を寄せて「うーん」と唸った。

「ありえないことではないよね。ただ――」

そこまで言うと、縁さまはおもむろに右手を掲げた。その瞬間、空中にぽわんとなにかが浮かび上がる。よく見るとそれは、この町の地図だった。

鈴ノ守神社だけチカチカと点滅している。これって一体――？

「これはね、力のある者がいる場所だけ光る地図だよ。この場合、僕に反応して光っているんだ」

「へぇ……！」

「記憶を盗るためには、それはもう膨大な神力が必要となるんだ。言い換えれば、力のある者じゃないと記憶を盗ることはできない。だけどね、僕が見る限り、ここ数週間の間に力のある者がこの町に入ってきた形跡がないんだ」

「えっ……」

昨日、一昨日……地図がパラパラと巻き戻されていく。たしかに、ここ鈴ノ守神社が光っているだけで、ほかの場所に変化はない。

とすると、今回の犯人は、縁さまの力を狙ってこの町にやってきた妖ではないということ？

「じゃあ、偶然……なのかな……」

商店街の人に記憶を失くした人が多いのも、揃いも揃って「大切なものの記憶」を失くしているのも、偶然にしてはできすぎている気がするけど……。

ぼそりと呟いた言葉に反応したのは、縁さまだった。

「ん～……そこら辺が謎なんだよね。まぁ、すべてをハッキリさせるためにも、記憶を失くした人に話を聞く必要があるかな」

「話……」

「そう。話を聞いて、なにか変わったこと……ほら、君江がのぞみんの神社に通っていたみたいな、そんなことがないか探ってみるしかないんじゃないかな。共通することが見えたら、自ずとどうして記憶を失くしたかもわかる気がするんだよね」

聞き込み調査は八重子の十八番《おはこ》だもんね、とでも言いたげに縁さまがウインクをかましてきた。

「わ、かりました」

気付いたら口から言葉が漏れ出ていた。ウインクから放たれた矢が私のハートに突き刺さったからではない、断じて。

力のある者の仕業じゃないことがわかり、ホッとした……というのが本心だ。

「よーし私、頑張るから――」

拳を握りしめたその時、近くで凄まじい破裂音が鳴り響いた。――雷だ。

と同時に、大粒の雨が勢いよく降ってくる。あっという間に境内の地面が白から濃い灰色へと斑《まだら》に色を変えていく。

「ああーっ……本降りになってきた……」

水たまりが作られていく地面を眺めていると、自然とため息が漏れる。こんなことなら折り畳み傘を持ってくればよかった。

「なんだ八重子、傘を持ってきていないのか」

私がカバンからなにも出さないのを見て、二紫名がニヤリと笑う。

「だ、だってだって、天気予報では雨は降らないって」

「この空でそれを信じたのか？」

「うっ……」

これは反論のしようがない私の失態だ。たしかに……たしかに途中から「これは絶対降るだろうな」と思ってはいたけれども！

「くくっ……本当に、仕方がないな。八重子、覚えておけ。『弁当忘れても傘忘れるな』だ」

二紫名は意地悪く笑うと、どこに持っていたのか、一本の和傘を取り出した。そっと開くと、一瞬にして頭上に淡い藤色が広がり、まるで藤棚の下にいるかのような錯覚に陥る。その色は二紫名の着物にもよく似合っていた。

「――縁さま、八重子を送ってきます」

「え……ええっ!?」

「いってらっしゃーい」

にこやかに手を振る縁さまを残して、二紫名が拝殿の石段を下りていく。

ちょっと待って。今ある傘は一本だけ。それってつまり……。

「なんだ、八重子。帰らないのか」

「え！　か、帰る帰る、帰りますっ」

急いで石段を駆け下りた。その拍子に、足元の水たまりがピシャッと跳ねる。

二紫名はそんな私の肩を抱き、自身の持つ傘に招き入れた。思ったより小さな傘。私と二紫名、二人が濡れないようにするには、体を密着させる他ない。

「……顔が赤いようだが、熱でもあるのか？」

「う、うるさいな。違うってば」

「そのようだな。『馬鹿は風邪をひかない』と聞いたことがある」

「…………！」

腹が立つ。だけど反論できないのは、いつもと見える景色が違うからだろうか。思えば、今まで私たちが横並びで歩くことなんて、ほとんどなかった。

「もっと近くに寄れ。濡れたら意味がない」

「う、うん……」

激しくなる雨音に比例するように心臓がドキドキする。こんなに寒いというのに、ピタリとくっついた右肩は燃えるように熱い。

神社から私の家までの道のりはそう大して遠くはない。無言で歩く二紫名の横顔を見上げながら、こんな時に不謹慎だとはわかっていても、もう少しこのままでいてもいいんだけどな、なんて考えてしまうのだった。

＊　＊　＊

「なにかいいことあったでしょォ」

家庭科室を出たところで、小町がこっそり囁《ささや》いた。

放課後の廊下は人通りも少なく、小町の声は、グラウンドから聞こえる野球部の掛け声に交じって耳に届く。あまりに自然に響いたので、思わず聞き逃してしまうところだった。

「え……？」

「んふふっ……今日のやっちゃん、いつもより可愛いんだもん。前に言ってた『気になる人』と進展でもあったァ？」

今度はハッキリと。小町はニヤニヤしながら私の脇腹をつついてきた。

「え、な……ないよ！　っていうか、あんな失礼な狐、全然気になってないし！」

たしかに、今日の部活はあまり集中できていなかった。けれどもそれは、昨日から金木犀《きんもくせい》の匂いが纏《まと》わりついて消えないからで、別に二紫名がどうとか、そういうことではないのだ。

「……狐ェ？」

「あ、な、なんでもない。とにかく、別になにもないからね？」

きょとんとする小町に慌てて否定した。この前から望さまといい、小町といい、なにかと二紫名とのことを訊いてくるのはなんなのか。私って、そんなに二紫名のことが好きそうに見えるのだろうか。

だとしたら、癪《しゃく》に障る。あの狐がニヤリと笑って「阿呆」と言う姿が易々と目に浮かぶからだ。

「え〜、なんだァ。そのクッキーをあげるのかな〜なんて思ったのにィ」

「クッキー……ねぇ……」

私は自嘲気味に、両手に目線を落とす。そこには、部活で作ったクッキーがあった。

「焼きすぎて焦げる一歩手前のクッキー」が。

わかってはいたことだけど、やはり料理は一向に上手くならない。それでも毎回の部活では、小町の力添えがあってなんとか形にはなっていた。それが今回はこのざまだ。なぜかというと――。

「ねぇ、小町」

ちらりと小町の両手を見る。そこには同じく、ラッピングされたクッキーがあった。しかし問題は、それが「焼きすぎて焦げる一歩手前のクッキー」だということだ。

「……小町ってお菓子作り得意だったよね？」

嫌な予感がしつつそう切り出してみると、小町は目を大きく見開いた。

「ええ!?　そんなわけないよォ！　お菓子作りなんてしたことないもん」

――ああ、やっぱり。予感は的中してしまったみたいだ。

隣で「あれ？　でも、それならどうして家庭科部に入ったんだっけェ？」とブツブツ言う小町を横目に、そう思った。

部活中から違和感はあった。いつもならテキパキ手を動かす小町なのに、今日はいちいち手を止めてレシピに見入っていたから。

恐らく……いや、きっと、小町も記憶を失くしてしまったのだろう。「お菓子作りが好きだった」という、小町にとって大切な記憶を。

商店街の人々から始まったこの異変は、じわりじわりと広がっていき、今では商店街のみならずこの町全体に浸透しつつあった。

クラスメイトに先生まで、多くの人がなんらかの記憶を盗られてしまっているのだ。

「小町、その……最近、変わったことはなかった？」

私の言葉に小町はきょとんとした。

「変わったことォ？」

「うん、そう。例えば、町の外の神社にお参りに行ったとか」

縁さまの言っていた「記憶を盗られた人に共通すること」。考えうるのは二つだ。「町の外の神社にお参りに行き、そこの神様に記憶を盗られた」か「どこかで妖に出会い、記憶を盗られた」か。

力のある者がこの町に入った形跡がないのなら、みんながみんなこの町の外で同じ妖に会うとは考えにくい。とすると、一つ目の「神様に記憶を盗られた」が有力だった。

それなら、例えば雑誌やテレビ、あるいは口づてで「この神社が今熱い！」という情報が流れたとして、それを聞いたこの町の人が、一斉に同じ神社に行っていたとしてもおかしくはない。

しかし――。

「行ってないよォ」

まさかの即答にがくっと肩を落とす。でもこれでめげちゃダメだ。他の人にも聞き込みをしていったら、なにかわかるかもしれないのだから。

「……絶対に、取り返してあげるからね」

小さな声で呟いた。

「ん？　なにか言ったァ？」

「ううん、なんでもない。それよりこのクッキーどうしようね」

「昴にでもあげるかなァ……」

難しい顔でクッキーを見つめる小町のその一言で、私はあることを思い出した。

「ね、そういえば、昴の用事ってなんだったの？」

「……へェ？」

「ほらほら、昴の様子がおかしい日があったでしょう？　用事があるって一人で帰っちゃった時、てっきり小町が後を追ったものだと思ってたんだけど……どうだったの？」

「あ！　あー……」

小町は私の言いたいことを察したのか、気まずそうに目を泳がせた。すぼめられた唇から、小さな声が零れ落ちる。

「あれね、んっとォ……猫、だった」

「え？」

「だーかーらー、ね・こ！　昴……あの後、川に行って、野良猫に餌をあげてたんだよねェ」

「あ……へぇ……」

なんだ、彼女じゃなかったのか、と残念がる私とは違い、小町は楽しそうに思い出し笑いを一つ零した。

「くふっ……昴ってェ、昔からそういうの放っておけないんだよねェ。お人よしっていうかァ……ま、言い換えれば優しいってことなんだけどねェ」

昴の様子がおかしかった時の狼狽ぶりはなんだったのか。小町はすっかり本来の調子を取り戻したようだった。

たしかに、昴は昔から優しいし、面倒見もいい。私のテスト勉強もいつも嫌な顔一つせず付き合ってくれる。小さな子からお年寄りまで、幅広く愛されるのが昴という人物なのだ。

でも……だからこそ前からずっと疑問だった。そんな昴と二紫名たちが一緒にいるところを見たことがないのだ。同じ神社に住んでいるのだから、特にあおやみどりなんかは、昴に懐いていてもおかしくないのに。

お互いに、どこか距離を置いているように感じるのは私の気のせいか、それとも……？

「おい待て！　まだ話は終わっとらんぞ！」

小町と話しながら廊下を進んでいると、ちょうど職員室に差し掛かった辺りで大きな声が聞こえてきた。中で先生と誰かが揉めているみたいだ。

そう思った矢先、真横にあるドアが勢いよく開いて、中から一人の男子が飛び出してきた。

「わわっ」

そこに人がいるとは思わなかったのだろう。男子の肩が私にぶつかり、私はそのままよろけてしまう。

「っ……ごめん！」

「え……昴？」

その男子を見て驚いた。それは昴だったのだ。

先生と揉めていたということと、目の前の昴の姿が結び付かなくて、私は一瞬固まってしまう。だって私の知っている昴は模範的優等生で、先生に怒られるようなことはなに一つないはずだから。

「ごめん……っ」

昴は苦しそうに眉根を寄せると、小町の「昴、待ってよォ」という声を振り切るように走り去っていった。こうして昴に置き去りにされるのは、今月に入ってもう何度目だろう。

「ねぇ、やっちゃん……」

呆然とする私に、小町がおずおずと切り出した。その手には、一枚の紙が。見覚えのあるそれは、先日配られた「進路希望調査票」だった。

「これって、もしかして昴の？」

「多分そうだよォ。ぶつかった時に落としちゃったのかも……」

「ねぇ……これ……」

悪いと思いつつ、偶然目に入ったそれを、私は無視することなんてできなかった。だって、進路希望調査票は――。

「空欄……だよ……」

先生と揉めていたことがこれで腑に落ちた。昴に限って空欄だなんて、なにかおかしい。昴は神社を継ぐものとばかり思っていたのに……なんで？　昴……――。

とっくに見えなくなった昴の背中を追うように、廊下を見つめる。蛍光灯が切れて暗くなった廊下の先は、まるで昴の気持ちを暗示しているかのようだった。

参　視えないということ

「変わったことねぇ？」

相変わらず空は、日光を一切通すまいというような重たい灰色の雲に覆われ、そのせいか空気まで鈍く淀んでいる感じがする。そんな鬱々とした空気を一掃するかのように、商店街にカラリと大きな声が響いた。

「例えば……駄菓子屋のおばあちゃんが、鈴ノ守神社じゃない、どこかほかの神社にお参りに行っていた……なんてことがあったりしませんか？」

私がそう言うと、声の主――川嶋さんは、首を傾げて小さく「ううん」と唸った。

早朝の商店街はまだ開店前ということもあり、人通りは少ない。そんな中、田中駄菓子店の前で掃き掃除をしていた川嶋さんと偶然出会えたのはラッキーだった。彼女も彼女で、私を見つけるなり「ちょっとやっちゃ～ん」と近づいてきて話を始めたので、すんなり聞き込み調査に入れたのはよかった……のだが。

「――ごめんねぇ、ばーちゃんはお参りには行ってないと思うわ。ほら、足が弱っとるやろ？　鈴ノ守神社でさえやっとのこと行くんに、ほかの神社なんて……」

ふるふると首を横に振る川嶋さんに、今週何度目かのため息を心の中で漏らす。

──やっぱり。

今日こそは、と気合いを入れた数時間前の「私の姿」は、今やもうガラガラと跡形もなく崩れ落ちてしまっていた。

「ううん、いいんです。えっと……今日は駄菓子屋のおばあちゃんは……？」

ガッカリしたことを悟られないように、努めて明るく切り出した。そういえば最近見かけていない。こういう時こそ、「なにしょぼくれとるんや」と一喝してほしいものなんだけど。

「まだ寝とるわ。ラムネのことを忘れちゃってから、なんだか覇気がなくなってねぇ。一日中ボーっとしとる日もあったわ。やっちゃん、ばーちゃんのボケが進まんように、会ったらたくさん話しかけてくれんけ？」

いつも真夏の太陽のように明るい川嶋さんが、しょんぼりこうべを垂れている。らしくないその姿に、私の胸もズキンと痛む。

早く記憶を取り戻してあげたい。だけど……──。

「……うん、また来ますね」

川嶋さんと別れて、足早に神社へ向かう。自分ひとりじゃどうしようもない時、悔しいけど頼りになるのは二紫名だった。

二紫名と共に解決するよう言われたものの、肝心の二紫名が忙しすぎて、望さまの元へ足を運んだ日以来連れ立って調査できていない。彼なら……二紫名なら、こんな時どうするだろうか。

冷たい風が吹き荒《すさ》び、私のむき出しの膝小僧がつんと痛む。沈んでいく気持ちを奮い立たせるように神社の石段を上っていく。

中ほどまで上った時、ふいに横から声をかけられた。

「おはようございます、八重子さん」

「へっ……」

そこに人がいるとは思わず、危うく足を踏み外すところだった。平常心を装いなんとか絞り出した声も、中途半端に掠《かす》れてしまう。白い息だけがハッキリと浮かんでは消える。

「あ……真白さん、おはようございます」

——そうだった。真白さんがお手伝いに来ているんだっけ。

真白さん……名前しか知らない彼女がここに来て、早一週間が経とうとしていた。習慣というのは怖いもので、未だに二紫名たち妖《あやかし》以外が神社にいる状況に驚いてしまう。

「今日は学校ではないのですか？」

真白さんは、巫女《みこ》の衣装に身を包み、竹ぼうきを片手に微笑んだ。寒さのせいで鼻の頭や指先を赤くさせていて、それが一層、彼女が持つ儚《はかな》さに磨きをかけている。「期間限定のお手伝い」というのが勿体ないくらい、その衣装は彼女の雰囲気にぴったり合っていた。

「あ……今日は土曜だからお休みなんです」

「あら、そうでしたね。私ったら……ふふ」

上品に小さく笑う真白さんに、私までつられて「うふふ」と笑う。

そういえば、ここ最近の石段は以前よりずっと綺麗な気がする。隅々まで掃かれて小さな枝一つ落ちていない。真白さんのおかげ、というべきだろう。いい人にお手伝いに来てもらえてよかった。

「引きとめちゃったみたいでごめんなさい。八重子さん、いってらっしゃい」

真白さんがお辞儀をして再び石段の掃き掃除を始めたので、私もお辞儀を一つ返した。

休みの日だからって、のんびりしていられない。私は私のやるべきことに集中しなければ。

二紫名の姿を捜そうとぐるりと境内を見回した、その時――。

「きゃっ」

突然、背後から小さな叫び声が聞こえてきた。

まさか真白さんになにか……――？　そう思って急ぎ振り向くと。

「……ったく、あんたってドジだよな」

「く、黒羽さま……」

目に飛び込んできたのは、石段の上でクロウが真白さんの腰元を抱きかかえる姿。状況から察するに、石段から落ちそうになった真白さんをクロウが助けたのだろう。

……にしても、クロウってば一体いつの間に、そしてどこから現れたのか。あまりに突然すぎて、真白さんに怪しまれていないといいけど……。

「あの……黒羽さま、ありがとうございます」

けれどもそんな不安は杞憂に終わった。真白さんはクロウを見てポッと頬を赤らめている。どうやら不思議に思っている様子はこれっぽっちもなさそうだ。

「お、おい、あんまくっつくなって。こんなところ誰かに見られたら……——」

ふいに横を向いたクロウと、ばっちり目が合ってしまった。なんとなく盗み見してしまったみたいで気まずい。

「お、おはようクロウ」

「や……え、こ……」

クロウの目が大きく見開かれる。なにもそんなに驚かなくても。

「ち、違うっ！　真白が落ちそうだったから助けただけで！」

「そんなのわかってるって。それより真白さんのこと『真白』って呼んでるんだね」

「い、や、ちが、これは……そう呼べって言うから……！」

「仲良くなったみたいでよかった」

笑ってそう言うと、クロウはますます身振り手振りを激しくさせた。

――本当によかったと思っているのに、変なクロウ。

彼はずっと野良の妖として生きてきたので、人間との付き合い方を知らないのだ。以前、小町や昴に出会った時も頓狂な言動で二人を引かせていた。だから今こうして真白さんと会話しているのを見ると、微笑ましく感じる。

それに、なにかとうるさいクロウだけど、黙っていると実は結構格好いいのではないかと思う。その証拠に、真白さんと並んだ姿はとても絵になるのだ。

「誤解だ、八重子。仲良くなんかな――」

「やえちゃん、おーはーよーう」

「おーはーよーう」

クロウの前に突如として、二つの小さな頭が現れた。

「あおちゃん、みどりちゃん！　おはよ……う……？」

ぴょこぴょこ揺れるそれは、もちろんあおとみどりのものだ。笑顔も元気のよさもいつも通り。だけど、今日は二人の頬に煤《すす》のような汚れがついている。これって一体？

「朝からやえちゃんに会えてうれしーの」

「うれしーの」

二人は満面の笑みで、ぴょん、と私の胸に飛び込んできた。

「おい、おまえら。社務所の雑巾がけは終わったのか？」

——なるほど。あおとみどりも掃除のお手伝いをしているわけか。悪戯《いたずら》っ子で遊びたい盛りのこの子たちが素直に掃除をするとは思えないけれど。

案の定、それまで「きゃあきゃあ」はしゃいでいたあおとみどりは、クロウの厳しい一言が飛んできてピタリと動きを止めた。しばらく私のコートに顔をうずめたままだったが、なんの打ち合わせをしたわけでもないのに同時に顔を上げると、クロウに向かって「あっかんべー」をしてみせた。

「「やーの！　やえちゃんと遊びたいもん」」

二人の声が揃った時、それまでじっと見守っていた真白さんが「ふふ」と笑った。

「ふふふ……わんちゃん」

「えっ……——!?」

真白さんがボソリと呟《つぶや》いた言葉に、その場の空気が凍る。あおとみどりが狛犬だということがバレたのかと思って慌てて彼女らのお尻を見てみたが、尻尾は生えていない。犬耳も……うん、大丈夫だ、生えていない。

真白さんは、内心ハラハラする私に向かってクスリと笑った。

「——みたいですよね、お二人とも」

「あ……ああ！　そ、そうなんですよ、あはは……」

――よかった。バレたわけではないみたいだ。ホッと胸をなでおろす。

「まるで妹たちを見ているようです」

真白さんは、私の様子を気にする素振りなく、遠くを見つめた。

「あ……真白さん、妹さんがいらっしゃるんですね」

「ええ、たくさん」

――たくさん……？

聞き間違いだろうか。それともこの落ち着きっぷりは、大家族の長女だから……とか？

「――なので、賑やかなのは嬉しいです」

なんとなく、妹さんは近くにはいない気がした。目を細めて笑うその表情が、どこか寂しそうに見えたせいかもしれない。私とそこまで歳も違わなそうなのに、家族と離れて暮らしているなんてすごいな。毎日母にお弁当を作ってもらっている私には、到底考えられない。

「……あ、ならこの神社はピッタリかもしれませんね！　えっと、ほら……見ての通り、黒羽もあおもみどりも賑やかすぎるほどなので」

予期せずしんみりしてしまい、慌てて言葉を紡ぐ。反応したあおとみどりが真白の衣装をぎゅっと掴んだ。

「あお、元気なの一っ。しろちゃん、あおとあそんでね」

「みどりともあそんでね」

「ふふ……はい、お掃除が終わったら遊びましょうか」

真白さんはあおとみどりの頭をふわりと撫でた。その様子を見て、なんだかホッとする。こうやって、みんなと真白さんが仲良くなれるといいな。

二紫名は真白さんを警戒しているようだけど、私には悪い人には見えない。たしかにちょっとばかし勘は鋭いけど、仕事はきっちりこなすし、優しいし、クロウの扱いも上手だし、いいこと尽くめなのに。あとは二紫名が懐いてくれれば完璧……――。

「あ、ねぇ、二紫名っている？」

ふと、二紫名を捜していたことを思い出した。そういえば、さっきから境内を見回してみても彼の姿が見えない。いつもなら、頼まなくても向こうからやってくるというのに。

「え……は……二紫名？　あいつなら今、惟親と大事な話をしてるぞ」

「にしな、一人だけサボってるのー！　ズルいのー！」

「のー！」

あおとみどりが頬を膨らませた。

「大事な話なら仕方ないね。外は寒いし、社務所で待たせてもらおうかな。……行こ、あおちゃん、みどりちゃん」

「八重子！　俺も……――」

「黒羽さま……袖がほつれています。直しますから、こちらへ」

「は、え、おいっ」

クロウは、真白さんにがっしり掴まれて動けないようだ。真白さんのことは彼に任せるとして、私はあおとみどりの手を取り歩き出した。

「あそぼ」「あそぼ」ときゃんきゃん吠える二人をなんとか宥《なだ》めて、一人社務所の一番奥の部屋に向かう。

ゆっくり戸を開けると、さっきまでストーブがついていたのだろう、ほんのり暖かさが残っていた。木の匂いと畳の匂い、それからお香のような匂いが混じった独特の場所。妖《彼ら》たちが暮らすこの場所に今私一人だと思うと、変な感じがする。

端に寄せられた机に向かって腰を下ろす。なんの気なしに横を向いたら、ちょうど窓から外の景色がよく見えることに気づいた。ぼうっと眺めていると、クロウが真面目に境内の掃き掃除をしているのが見えた。サボりそうなものなのに……これも真白さんがいるおかげなのかもしれない。

それに加え、廊下からバタバタと二人分の足音も聞こえてくる。あんなに遊びたがっていたあおとみどりが、なんと雑巾がけを頑張っているらしい。

クロウにあおやみどりでさえも、仕事を頑張っている。それなのに私ときたら――。

徐々に冷えていく部屋の温度と同じように、私の気持ちも落ちていく。賑やかな時は気が紛れたけど、一人になるとどうもダメだ。ため息を一つつく。

――縁さまから「調査」を仰せつかって、約一週間。意気込んで臨んだものの、商店街の人への聞き込み調査は思うように進んでいなかった。

前回と違って「この人に聞けばいい」という当てがないので、片っ端から聞いていかなければならず、それだけで手間と時間がかかる。それに加え、毎日のように話を聞いても、誰一人として「町の外の神社にお参りに行った」と話す人が出てこないのだ。つまり、記憶を盗《と》られた状況が一週間かけてもサッパリわからなかったことになる。

話を聞くだけなら私でもできると思っていた。実際、前回はなんとかなったのだ。だからこそ、うまくいかない現実に焦りが募る。

ゆっくり顔を伏せる。落ち込んでいる場合じゃないってわかっているけど。

サラリと落ちる髪の隙間から、逆さまの時計が見える。神社に来てからもう二十分も経っていた。

「二紫名、遅いなぁ……」

さすがの私も待ちくたびれてしまった。欠伸《あくび》を一つ、かみ殺す。いろいろ考えすぎて、ここのところ眠れていなかったのだ。うるさいはずのあおとみどりの足音が遠ざかっていく。そのうち視界はゆっくり暗転して――。

……――蝉《せみ》の声が響く。

耳元でジジ……と飛び立つ音までして、あまりのリアルさに肌がぞわりと粟立《あわだ》った。大丈夫これは、夢だ。わかってる。いつものあの夢。

目を開けて視界いっぱいに広がる真夏の光景に、「やっぱり」と安堵のため息が漏れた。冴え渡る青空に、ぷっくり浮かんだ入道雲。振り向くと、眩《まぶ》しい日差しの中で、着物姿の少年が立っていた。

しかしいつもと違うのは、少年の頭に麦わら帽子がのっていることだろうか。相変わらず顔だけどうしても見ることができない。それでも、今日こそ顔が見られるかもしれないと、なぜだかそう思った。

――君のこと、教えて。

声をかけようと懸命に口を動かす。届いたのか届いていないのか、少年に反応はない。右手を伸ばそうとするが、急に重力が何倍にも感じられて、思うように動かない。

またダメなのか。私はただ、君のことを思い出したいだけなのに。諦めかけたその時、少年がゆっくり顔を上げた。こんなことは初めてだった。

喜んだのもつかの間、

――えっ……！

突然ぐにゃりと視界が揺れた。なんでこんな時に限って……。

激しい眩暈《めまい》にふらつきながらもなんとか少年に目をやると、少年の口元が大きく動くのが見えた。

『や　え　こ』

そう言っている気がする。私の名前を知っている……——？

ドクン、と心臓が跳ねる。彼と私は知り合いなんだ。いつから？　……もしかして、今も？

その間も世界はどんどん歪んでいき、とうとう目を開けていられなくなってきた。まだ、思い出せていないのに。もう少しなのに。

願いは届かない。線香花火が落ちるように、あっけなく夏の日が終わる。目覚める瞬間、頬になにか冷たいものが当たる感触があった。雪？　いや、まさか——。

「涎《よだれ》が垂れているぞ」

寝惚《ねぼ》けた頭に突拍子もない言葉が降ってきて、急いで顔を上げた。二紫名が私を見下ろしながら、ニヤリと笑っている。

「なっ……！　た、垂れてないよっ！」

そう言いつつ、一応右手で口を拭う。垂れていない……はず。いや、そんなことより気になることが一つ。

「……この部屋、暑くない？」

むわっと漂う暖かい空気。頬がカッカと熱くなっている。

「ストーブをつけておいたのだ。感謝しろ」

「ええ？　温度設定どうなってるの？」

部屋の隅に置かれたストーブに目をやると、液晶画面には「35」の数字が並んでいた。どうりで暑いわけだ。真夏の日の夢を見たのも、この暑さのせいかもしれない。

「あのね、三十五度はいくらなんでも暑すぎるの。まるでサウナみたいだよ」

「さ……？　よくわからないが、人間とはか弱い者なのだな。覚えておこう」

――出た、「人間」。

こう言われてしまうと、これ以上なにも言い返せなくなる。普通に交流できて気を抜くと忘れてしまいがちだけど、彼は私とは違う――妖なんだ。

ちくんと胸が痛む。妖だから、なんだっていうのか。二紫名には婚約者がいる。私と二紫名は生きる世界が違う。それでいいじゃないか。なんの問題もないはず。なのに、なんでこんなにも苦しくなるんだろう。

「そんなことより、行くぞ。縁さまがお呼びだ」

「う……うん……」

二紫名の言葉にドキッとした。

縁さまに会うということは、なんの成果もない現状を報告しなければならないということだ。縁さまはがっかりするだろうか。そう考えると気が進まない。

縁さまもこうやって頻繁に呼び出すということは、きっと成果を待ち望んでいるはずだから。

ひとたび廊下に出ると、部屋との温度の差に身震いがした。物音ひとつなく、不気味なくらい静かだ。あおとみどりの姿はない。それどころか、クロウと真白さんも境内からいなくなっている。さっきまであんなに騒がしかったのに。

「――各々に野暮用を頼んだ。みな当分は帰ってこないだろう」

私の視線に気づいたのか、二紫名がそう答えた。二紫名はいつも私の三歩先を行く。歩くことも……思考も。そのままどんどん進んでいって、いつか見えなくなってしまうのではないかと、不安になるのだ。

「……あ、ねぇ、真白さんってすごくいい人だね。仕事は丁寧だし、クロウたちとも馴染んでるっていうか……」

咄嗟《とっさ》に関係のない話題を振ったのは、そんな不安からだった。二紫名の背中に投げかけると、彼はつと止まってゆっくり振り返った。

片眉を上げて、なにか言いたげなその表情に、思わず「な、なに……」と口にする。

またいつもの小ばかにした言葉が飛び出ると思ったが、予想に反して二紫名は小さく息を吐くと、「匂いがしないのだ」と言い放った。

「に、匂い……？」

まさかの発言にどう返していいかわからない。匂いって……体臭ということ？

「――いや、なんでもない」

「え、ええっ？」

返事を迷っているうちに、彼はまた歩き出してしまった。私も後を追うけど、さっきの言葉が気になって仕方ない。

「匂いがしない」……それって一体どういうこと？


私たちを呼び出した当の本人は、賽銭箱《さいせんばこ》の上で気だるそうに寝転んでいた。透き通るほど白い肌は、見方によっては青ざめているようにも見え、体調が芳《かんば》しくないことを想起させる。みんなの記憶のこともそうだけど、縁さまの体調も心配だ。

「縁さま……あの……」

恐る恐る声をかけると、縁さまはこれ見よがしに大きな欠伸をした。

「ふわぁー……待ちくたびれたよ。君たち、僕が神だって忘れてないだろうね。僕が呼んだら一分一秒でも早く来る。これ常識だからね？」

——いつものことながら、体調に拘わらず口だけは今日も絶好調だ。

「あ……ごめんね。二紫名を待っていたら遅くなってしまっ——」

「だいたいさぁ、せっかく商店街に送り込んだっていうのに、八重子は手土産の一つも持ってこないでさ。こういう時って普通『今日は縁さまになに持って行ってあげよっかなぁールンルン』ってなるものじゃないの？　本当、気が利かないっていうか……。一体なんのために八重子を送り込んだんだろうね」

……いや、いつも以上に饒舌だ。二紫名が「調査のためです、縁さま」とやんわり訂正するも、その声が聞き取れないくらいに愚痴を重ねていく。

私は私で、無関係のことばかりしゃべる縁さまにだんだん苛立《いらだ》ちが募っていった。今はのんきにそんな話をしている場合じゃないのに。

「——ま、いいや。それで？　今日は手土産ある？」

縁さまが私に両手を差し出した時だ。ぷつん。とうとう私の中でなにかが切れた。

「『手土産ある？』じゃないですよ！」

握りしめた手がぷるぷると震える。縁さまは、そんな私を怪訝《けげん》そうな目で見た。

「なに？　いきなり大声を出して。もうちょっと落ち着いて話すことはできないの？」

「落ち着いて……いられるわけないいじゃないですか！　来る日も来る日も有力情報なし……このままじゃみんなの記憶を取り戻せないし、縁さまの力だって戻らないんですよ？」

息が切れる。言いたいことを言ったはずなのに、スッキリしない。

思うようにいかないからって他人に当たり散らして。わかっている、ただの八つ当たりだってこと。でも……。

「どうして……どうすればいいの……」

独り言のように小さく口にした。気を抜くと、ゆるゆると気持ちが沈んでいってしまう。この冬空のように、いつしか私の心もどんより重くなっていた。

記憶を失くした人の気持ちはわかる。不安で恐ろしくて、でも自分じゃどうにもできなくて。「記憶がない自分」を受け入れるしかないとわかった時の、絶望。そして取り戻した後の「なんでもっと早く思い出せなかったんだろう」という、後悔。大切な人が自分のことを想って行動してくれたのに、それすらも気づかずに生きていく、悲しみ。

それになにより、あの夏の日の少年のように、思い出してもらえなくて悲しい思いをしている人がいるという事実が、私の焦りを加速させる。

早く取り戻してあげたいのに。小町の記憶、駄菓子屋のおばあちゃんの記憶、てっちゃんの記憶……みんなの記憶。取り戻してあげたい……のに。

焦れば焦るほどに、自分の無力さが際立って悔しくなる。

「ねぇ、八重子」

力なく座る私の元に、縁さまの声が響く。

縁さまは珍しく賽銭箱の上から降りると、私の方へ近づいてきた。私の顔を覗き込む縁さまの黒髪が、サラリと揺れる。ガラス玉のように丸くて澄んだ瞳が私を捉える。

「僕は別に、八重子が暇そうで扱いやすいからってだけで、この調査を頼んだわけじゃないんだけどね」

「……暇そうで扱いやすいんですね、私……」

――うすうすそうだろうなとは思っていたけど、そんなハッキリ言わなくてもいいじゃないか。

「うん、だからそれだけじゃなくてね」

縁さまの手が私の頭をふわりと撫でた。感触はないものの、温かい想いのようなものが流れてくる。

「僕のことを視《み》ることができて、かつ意思疎通ができる人間って、今や貴重な存在なんだよ。二紫名は人の姿で生活しているけど、それでも人間とあまり深く関わることはできないからね。だから八重子が商店街の人と交流して、その話を僕に教えてくれないと困るんだけど?」

「でも……!」

でも、それだけじゃ解決しないじゃないか。口から零れそうになる言葉たちを既《すんで》のところで堪《こら》える。きゅっと口を引き結び、睨《にら》むように縁さまの目を見つめた。

そんな無礼な私に、縁さまは目を細めると、

「いーい？　八重子。これは八重子にしかできないことなんだからね？」

と穏やかに微笑んだ。

「私に……しか……」

「そうだよ。どんなことでもいいんだ。住民は八重子にだから気を張らずに話せることもたくさんあるだろう。有力情報なんてものは、案外そういった些細《ささい》な話の中から生まれてくるものかもしれないよ。だから焦り過ぎないで、八重子は八重子らしくやればいいんだ」

そう、だろうか。私がただ話を聞くだけで、ちゃんと意味があると……？

子どもを諭すような口ぶりに、なんだかはぐらかされたみたいで納得がいかない。だけど――。

「……わかりました」

――だけどただ一つわかるのは、私がここでぐずぐず言ったところで、状況が変わるわけではないということだ。時は刻々と過ぎていく。喚く暇があるなら考えて、行動に移さなければならない。

石段に座り込み、全身の力を抜くようにふーっと大きく息を吐く。しかしその拍子に、

——ぐぅぅ。

と緊張感のかけらもない音が盛大に鳴り響いたのは、大誤算だった。あまりの恥ずかしさに頑なに口を閉ざすが、すぐ横から聞き覚えのある笑い声が聞こえてきた。

「くくっ……八重子、腹が減っては戦ができぬだろう」

——二紫名め。すかさず突っ込んでくるところが、性格が悪い。

「別にお腹は空いてないってば。今からまた商店街に聞き込みに行くつもりで——」

「それに今日はひと際冷える。早朝からずっと外にいたのだろう？　もう家に帰って休め」

ムッとしつつ答えると、二紫名にしては珍しく、優しい言葉が返ってきて驚いた。「休め」だなんて、二紫名らしくない。たしかに、この寒空の下での調査は堪《こた》えるものがあるけど。

「え……でも調査は……？」

「住民は『神社にお参りに行っていない』と、そう結果は出たのだろう？　今のままでは何度聞いても同じことだ。無意味だとわかっていることを繰り返す必要はない」

——……ああ、そうですか。もしかして、私の頑張りを認めて労《ねぎら》ってくれたのかな……なんて感動した自分がバカみたいじゃないか。

「じゃーもう帰りますよーだ」

そう言う私を見て、なぜだか二紫名は嬉しそうに笑っている。ああもう、意地悪、意地悪、意地悪……でも、二紫名のおかげで落ち込む気分じゃなくなってきたのも事実なので、今回は許してやるか。

トントン……と石段を下りる途中、ふと思うことがあって振り返った。

「——ねぇ縁さま。さっき私にしかできないって言ってたけど……昴は？」

そう。「八重子にしかできない」なんて言っていたけど、よくよく考えたらおかしな話だ。だって、昴も縁さまのことが視えるはずなのだから。彼にだって、私と同じように調査ができるのではないか。こういう時こそ協力できれば、こっちも助かるのに。

私が突拍子もないことを言ったからだろうか、縁さまは一瞬大きく目を見開いた。

「——昴……」

まるでその言葉の響きを思い出すように、慎重に声を絞り出す。掠れた声はほんの少し震えているようだった。瞳の奥が小さく揺らぐ。

「……？　そうですよ。昴にも協力してもらえたらいいのに。あ、でもね、最近、昴の様子がおかしいんですよね。いつもどこか上の空だし、なにかに悩んでるのかなって。進路調査の紙も空欄で出したりして。縁さま、なにか知りませ——……って……」

言葉が続かなかったのは、縁さまの様子が変だからだ。

縁さまの唇は美しい弧を描いている。それなのに、なぜだろう。今にも泣き出しそうな顔にも見える。白一色の着物が悲しみの色に染まっていく。静かに、ゆっくりと。二紫名も、そんな縁さまを心配そうに見つめていた。なに、この空気……。

「あの……私なにか変なこと言いました？」

耐えきれなくなってそう言うと、縁さまがようやく私の目を見てくれた。いつもの縁さまの表情でホッとする。

「……いや、なんでもないよ。昴にはね、わけあって頼めないいんだ」

「そう……なんですか……」

わけってなんだろう。気になったけどこれ以上突っ込んだらいけない気がして、ゴクンと言葉を呑み込んだ。

あの日……昴と職員室前でぶつかった日から、昴は更によそよそしくなってしまった。進路希望調査票を返した時も「ありがとう」だけで空欄の理由を教えてはくれなかった。昴はなにも言わない。私たち、友達なのに。

私たちにも言えないことだとしても、縁さまにならなにか言っているかもと、そう思って訊いたものの、縁さまの反応が不思議でならなかった。

＊　＊　＊

夕方のニュースはこれからやってくる大型低気圧の話題で持ち切りだった。ここ能登では大雪が降るかもしれない、とキャスターがしきりに話している。

そういえば大雪なんて何年ぶりだろうか。ここに引っ越してくる前は雪が降らないのが当たり前の生活をしていたので、久しぶりの雪に、不謹慎ながらもちょっぴりワクワクしてしまう。

一面の雪景色なんて、それこそ小学生の時以来見ていない。

大雪が降った次の日の朝、この家の庭で祖母と雪だるまを作って遊んだ。祖母の作った小さな体に、私が作った大きな頭を無理やりくっつけた不恰好な雪だるまは、一週間ほどで溶けて崩れてしまった。悲しくて泣く私の頬を包む、祖母の温かな手。指の隙間から見える、うっすら雪が積もった祖母の小さな肩。家に帰って飲ませてくれた温かなココア。雪の日には祖母との思い出がたくさん詰まっている。

「あら、ついに雪が降るのね」

母が手を擦り合わせながら正面に座った。炬燵《こたつ》の中で互いの足がぶつかる。さっき外から帰って来たばかりなので、母の足は氷のように冷たかった。

「遅かったね。どこ行ってたの？」

「ちょっと買い物に行ってたんだけど、話が長引いちゃってね〜。白菜と大根が安かったから、今晩は鍋にしましょ」

「私あれがいいな、味噌の……」

「とり野菜味噌鍋ね。……あ、そうそう……これ、やっちゃんにもあげる」

母はなにやらポケットをゴソゴソ探っていたかと思うと、炬燵の上に小さな包みを置いた。手のひらサイズのそれは、お菓子のように見える。

「なに？　これ」

「もらったのよ。『いも菓子』っていうらしいわ。ここら辺ではポピュラーなお菓子なんですって」

「へぇ……」

いも菓子、というからには、スイートポテトみたいなものだろうか。私は薄い紙でできた包みをはがしてみた。中から、てのひらにコロンとのるお芋のような形をしたお菓子が出てきた。スイートポテトというよりかは、和菓子のような見た目だ。

一口食べるとほくほくとした食感で白あんの甘みが広がる。どこか懐かしいような、ホッと安心できる味。

「おいしい……」

私が食べるのをじっと見つめていた母が、フッと顔をほころばせた。

「やっちゃん、やっと笑った」

「え……」

その言葉に、今度は私が母を見つめる番だ。

「ほら、やっちゃんってば最近元気がなかったじゃない？　これでも心配してたのよ？」

「そう……かな」

「そうよぉ。だから今、久しぶりに笑顔が見られて嬉しかった」

ふふ……、と笑う母の顔を見ていると、目の奥が熱くなってきた。じわっとこみ上げてくるものがあって必死に瞬きを繰り返す。

馬鹿だな、私。いつの間にか、自分ひとりで頑張らなきゃいけない気持ちになっていた。こうして心配してくれる母がいる。私を元気づけようとおちょくってくる二紫名がいる。場を和ませようと無理して関係のない話題を振る縁さまもいる。いつも賑やかなクロウたちもいる。そして、祖母が空から見守ってくれている、というのに。

調査は仕切り直しだ。もう一度落ち着いて考えなくては。私はいも菓子の最後の一口を放り入れた。

「町の外の神社にお参りに行っていない」それが本当なら、神様に記憶を盗られたという線が限りなく薄くなる。だとしたら、もう一つの候補だった「どこかで妖に出会い、記憶を盗られた」だろうか。

だけど「変わったことはなかったか」の問いに、「変な人に会った」という答えは得られなかった。妖は大概変わった風貌をしている。それに、ただでさえみんな顔見知りのような町なのだ。変わった風貌の知らない人が話しかけてきたら、誰だって記憶に残るはず。いや、そもそも力のある者はこの町に入ってきていないわけだから、そっちの線はありえないんだけども……。

――ううん、やっぱりわからない。考えれば考えるほど、頭の中がこんがらがってくる。ゴロンと寝そべり、天井にある、顔のように見える木目を見上げた。

「――八重子は頭を柔らかぁくせんなんね」

ふいに、祖母の声がした気がした。驚いて隣を見ると、母が得意げな顔で私を見下ろしていた。

「ふっふっふー、おばあちゃんの真似」

「な……なんだぁ……ビックリした」

「覚えてる？　やっちゃん。あの木目のこと」

母はさっきの言葉の真意には触れず、天井を指さしながら少女のような顔で笑った。

「あ……うん。今ちょうど思い出していたとこ。子どもの頃、あの木目が怖かったんだよなって」

「そうそう。『あそこに顔がある～』『顔が見てくるから寝られない～』って泣いてたって、おばあちゃん言っていたわ」

「ええ？　泣いたかなぁ……」

いくら記憶を取り戻したと言っても、都合の悪いことは覚えていないらしい。「泣いてはないと思うんだけどな」なんてブツブツ言っていると、母がクスクス笑った。

「おばあちゃん、そんなやっちゃんになんて言ったか覚えてる？」

「え……」

「ふふ……『ほら、あの吊り上がった目の部分を耳だと思ってごらん？　そうするとなに見える？』って」

「あ……ウサギだ！　ウサギに見えるねって話をしたんだった！」

鮮やかに思い出されるワンシーン。祖母の機転によって助けられた瞬間だった。ウサギに見えることがわかってからは、あの木目を怖がらずに過ごすことができたんだ。

「『八重子は頭を柔らかぁくせんなんね。なんでも決めてかからないで、たまには見方を変えた方がいい。もっと楽しいことが待っとるかもしれんよ』おばあちゃん、そう言ってたのよ」

「へ……へぇ」

それは初耳だ。ああ、でも、たしかに、「頭を柔らかく」という言葉は祖母の口癖だった。昔から「これ」と決めたら一直線な性格の私は、いろんな場面で祖母のその言葉に救われてたっけ。

物事の見方を変える……――。そうだ、今の私に必要なのはそれかもしれない。

みんなが記憶を盗られたのは事実だ。とすると、記憶を盗るために、なんらかの働きがけがあったはずなんだ。それなのに、みんな揃って口にするのは「変わったことはない」の言葉。そんなはずないって思っていたけど——。

——見方を変える。見方を……。

「……『変わったこと』だと思っていなかったら？」

小さく零したその言葉に、自分自身でハッとする。みんなが「変わったこと」だと思っていなければ、当然私の質問に答えられるはずがないのだ。

——そうだ、それだ！

勢いよく体を起き上がらせると、母が「わっ」と声を上げた。

「もぉ、なぁに？　驚いたじゃない」

「お母さん、ありがとう！　ちょっと行ってくるね！」

目を丸くする母にそう言うと、ハンガーにかけておいたコートを引っ掴んだ。そのまま和室に向かい、仏壇の前でそっと手を合わせる。

——おばあちゃんも、ありがとう。

やっぱり祖母は見守ってくれているみたいだ。私一人では考えつかなかったことも、祖母の一言でいとも簡単に解決してしまう。笑顔の祖母に同じく笑顔を返し、立ち上がった。

「え……ちょっとやっちゃん、どこ行くの？」

「友達に渡すものがあったのを忘れてたんだ。夜ご飯までには帰るから」

わかったからにはグズグズしていられない。今度こそうまくいく気がするんだ。いざ、商店街へ——。


揚げたてのコロッケの匂い、おじちゃんが威勢よく魚を売る声。明かりがなくても辛うじて見える夕方のぼんやりとした世界で、行き交う人にぶつからないよう、話を聞けそうな人を探す。こんな時に限って、どの人もお客さんの相手をしていて忙しそうだ。

……とすると、向かう先はただ一つ。

「おやぁ？　八重子ちゃんじゃ～ん」

店内で骨董品の並ぶ棚を掃除していたてっちゃんは、私を見るなりくしゃっと顔をほころばせた。

「かふぇ・いいんだぁ」もといかふぇ「骨董品店」は、相変わらずちょっと気の毒になるくらい空《す》いている。多分、いやきっと、かふぇと骨董品店のちぐはぐさが不気味に映るのだろう。私だって、てっちゃんがグイグイ誘導してこなかったら近づきもしなかったと思うから。

「あの、てっちゃんとお話したいなと思っ……」

「おお～！　うぇるかむじゃん！　さ、さ、八重子ちゃん、こっちこっち」

てっちゃんは食い気味にそう答えると、私の手首を掴んでかふぇへと引っ張っていった。

椅子に腰かけた瞬間、湯呑みに温かいほうじ茶をたっぷり注がれ、寒くないようひざ掛けまで用意された。手厚いおもてなしに苦笑しつつ、早速てっちゃんから話を聞きだそうと思ったのだが……。

「で、なんじゃ？　話って」

「えーっと……ですね……」

――なんて訊けばいいんだろう？

てっちゃんに訊かれて、思考が停止する。「変わったこと」だと思っていない、けれども「実は変わったこと」を聞き出すにはどうすればいいか。あまり深く考えずに家を飛び出してしまったことを、今更ながら後悔した。こういう時に二紫名がいたら、真っ先に私をバカにしただろう。

「八重子」

……ほら、二紫名の声まで聞こえてくる。この声色から察するに、ニヤニヤと笑みを浮かべているに違いない。それにしても、幻聴にまでバカにされるなんて私も相当疲れているんだな。やっぱり今日は大人しく家にいるべきだったか。

「八重子」

「ぎゃっ！」

いきなり肩を掴まれて、思わず変な声が出た。ゆっくり振り向くと、目に飛び込んできたのは薄紫の着物に真白の髪。二つの群青色が私を見下ろす。……まさか幻聴が幻覚にまで発展した？

「え……二紫名……？　本物？」

「阿呆《あほう》、なにを寝惚けたことを言っているのだ」

信じられなくて目をぱちくりさせていると、おでこをピシ、と指ではじかれた。遅れてやってくる痛みに、目の前の二紫名が幻覚ではないことを悟る。

「だ、だってだって、いきなり現れるから！」

「そんなことより八重子。今日はもう家に帰って休めと言ったはずだが？」

間髪を容《い》れず冷たい言葉が飛んできた。二紫名は私の真横に腰掛けながらてっちゃんと一言二言会話しているが、その内容は私の耳には入ってこない。

たしかに「家に帰って休め」と言われたけど、そんな風に理由も聞かずに咎《とが》めなくてもいいじゃないか。まるで保護者のような二紫名の立ち振る舞いに、ムッとする。私はそんなに頼りないのだろうか。

「それは……」

「まぁまぁ、いいじゃぁないか、にっしな君！　八重子ちゃんはどーしてもワシと話がしたかったみたいやし、のう？」

「話……？」

訝《いぶか》しげな表情を浮かべる二紫名に向かって「そう！　そうなの！」と必死に頷いてみせる。それでなにかを察したのか、二紫名は仕方なしと言わんばかりに大きくため息をついた。

「……それで、話はなんじゃったかのう？」

──そうだった！　なんて言えばいいのか考えている最中だった。

困って二紫名を見るも、彼は助けてはくれないようだ。ツンとすました顔で、私の出方を窺《うかが》っている。わかってはいたけど、腹が立つ。

「え！　あ、あの、その……」

その時、ふと縁さまの言葉が脳裏をかすめた。

──有力情報なんてものは、案外そういった些細な話の中から生まれてくるものかもしれないよ。

些細な話……何気ない、世間話？

きょろきょろと辺りを見回す。さっきは「とにかく話を聞かなきゃ」と必死で気づかなかったが、店先に小さな白いお皿が置いてあるのが目に入った。中には茶色い犬の餌のようなものが入れられている。

「あれって……なんですか？」

特に意味なんてない。ただ、普段だったら訊くだろうことを訊いてみることにしたのだ。

こんなことを訊いてどうにかなるなんて思わないけど……。

てっちゃんは、私の指さす方に視線を向け、

「あれ？　……ああ、あれは猫の餌じゃ〜ん」

とニカッと笑った。

「猫？」

「ほうや。この商店街には猫がよく来るんや。ほら、八重子ちゃんも見たことあるじゃろ？」

「あ……はい、たしかに暖かい時期はよく見たかも」

商店街を闊歩する野良猫の姿を思い出す。小町が「可愛い〜」と猫と戯れるのを遠くから眺めていたっけ。

ここに来るまでは、野良猫という存在を「可愛い」と思ったことはなかった。なんとなく汚らしいし、鳴き声はうるさいしで、どちらかというと忌み嫌われる存在だったのだ。

それが、ここの人たちは猫も町の一員という風に考えているのか、人間と同じように温かく迎え入れている。あくまでも自然に。けれどもお腹が空いたと寄ってくる猫には食べ物も与えていた。寒くなって見かけなくなったと思っていたけど……そうか、私が知らないだけで、今でも猫はこの辺りに住み着いているんだな。

「じゃろぉ？　最近も一匹の猫がここらに住み着いたみたいでのう。真っ白い、野良にし

ては綺麗な猫で、尻尾が二つに分かれとる変わった猫じゃよ……ほっほっほ！」

「……？」

突然、堪《こら》えきれないといった具合に大声でケタケタ笑い出したてっちゃん。不思議に思いじっと見つめていると、それに気づいたてっちゃんが慌てて言葉を続けた。

「ほほっ、すまんすまん。いや、なぁに、あの田中のばあさんまで餌をやっとるのを見てしもてな。田中のばあさん……くくっ……『アタシゃ猫は嫌いやよ』なんて言っとったんに隠れて可愛がっとるなんて……ぷぷっ……しかも顔に似合わぬ猫なで声を出しおって……ほほっ」

てっちゃんの笑いは止まらず、とうとう目に涙まで溜めて笑い転げる始末だ。まぁ、たしかに、あの眼光鋭い駄菓子屋のおばあちゃんが猫を可愛がる姿は、とてもじゃないけど想像できない。

「え……と、つまり商店街のみなさんで猫を可愛がっているんですね」

微笑ましい日常の一ページを垣間見た気がして、心が温かくなる。私までつられて笑っていると、ずっと静かだった二紫名が横で咳ばらいをした。

「八重子、なにか気にならないか」

「えっ……？　なにかって？」

ただの世間話じゃないか。みんなで猫を可愛がっている、という。一体そこになにがあるっていうのか。

二紫名は私から視線を逸らさない。こういう時は大概、大事ななにかを訴えかけている時だ。私は思考を巡らせる。

「……みんなで猫を。……みんなで——？」

そういえば、私は、記憶を盗られた人たちの間に共通する「なにか」を探していたんじゃなかったっけ。それを勝手に「町の外の神社にお参りに行った」ということだと思い込んでいたけど、実際はこういう何気ないことだったのかもしれない。そう、猫に餌をやる、というような、日常にある些細な出来事。……もしかして。

「……二紫名」

私の呼びかけに、二紫名は目を細めるとゆっくり頷いた。

「てっちゃん！」

「ほっ……！」

身を乗り出した勢いで、机の上の湯呑みが今にも倒れるところだった。てっちゃんもつぶらな瞳をさらにまん丸くしている。

「その猫は、いつ商店街にくるんですか？」

「うっ……いつ……？　いつって……、そうじゃのう……考えたことなかったわい。急にふらりとやってきて、気付いた時にはおらんくなっとる。ふぅむ……そういえば、最近は見とらんのう」

「そ……そっかぁ……」

せっかく手掛かりを見つけたと思ったのに、そう簡単に猫に会わせてはもらえなそうだ。

ガックリ肩を落とす私の隣から、静かに息を吸う音が聞こえてきた。

「……そうですか。では、その猫がまた来るようならすぐに知らせてもらえますか？」

「ん？　それはまぁ……構わんが……。なんじゃ、にっしな君。そんなに猫が好きだったのか？　ほっほ、知らなかったじゃ～ん」

てっちゃんは、駄菓子屋のおばあちゃんの時と同様にケタケタ笑っている。二紫名が猫を愛でる……という状況も想像しづらいので、笑いたくなる気持ちはわからなくもない。

「――行くぞ、八重子」

そんなてっちゃんの様子を気に留めることなく、二紫名は席を立ち、歩き出した。たちまち彼の姿は見えなくなり、焦った私はイスから転げ落ちそうになる。

「え!?　ちょっと待っ……あ、あの、てっちゃん、また来ますね！」

私は、ポカンと口を開けるてっちゃんに手を振ると、二紫名の背中を追うようにして店を後にした。

「――ちょっと……二紫名っ！」

商店街を出たところで、彼の背中を捉えた。ゆらゆら揺れる着物の袂《たもと》を掴む。

「八重子、いい話が聞けたな」

くるりと振り返った二紫名は、私を置いていったことをわびるでもなく、そう言い放った。本当にマイペースなんだから！

人混みの中必死に歩いたから、息が切れる。大きく吸い込んだ空気があまりに冷たくて、咳《せ》き込みそうになりながらも言葉を絞り出す。

「……いい話って……やっぱり、猫が？」

「ああ。商店街の者に共通することで考えれば、十分ありうることだ。『力のある者はこの町に入ってきていない』という部分だけ引っかかるが……とにかく取り急ぎ縁さまに確認しなければならない……」

話の途中でちらり、と私を見る。なにかを気にしているような……？

「え……私？　もちろんついていくからね？」

「だが疲れているのだろう。朝から元気がない」

――え……。まさか、私を気遣ってくれている？　あ、あの二紫名が。もしかして、朝の「家に帰って休め」は、本当に私のことを心配してくれたから……？

二紫名の瞳をじっと見つめてみても、彼の表情は普段となんら変わりない。でも、その奥底に彼なりの優しさが眠っているようで、嬉しくなる。

「大丈夫。みんなのお陰で元気になったし、それに――」

　駆け寄り、二紫名を見上げてニィと笑って見せた。

「――ここにきて初めて掴んだ有力情報だもん。今まで以上にやる気満々なんだから！」

　ガッツポーズまでしてみせると、二紫名の口元が緩んだように見えた。優しい、柔らかい顔。だけどそれは一瞬のことで、すぐまた凛とした表情に戻る。

「それは結構。元気のない八重子は気味が悪いからな」

　二紫名は、それだけ言うと、また前を向いて歩き出した。

「な、なにそれ！」

　彼の背中に向かって叫ぶけど、実はそれほど怒る気にはなれなかった。やっぱり二紫名はそっちの方がらしいや。

「ふふ」

　自然と笑いが零れる。あんなに悩んでいたことが嘘みたいだ。どんよりとした曇り空から晴れ間が覗くように、清々しい気持ちに頭の中まで冴えてくる。

　そのせいか、ずっと靄《もや》に隠されて見えなくなっていた小さな違和感が、雷光のように突然目の前に現れた。

「――あ」

　その瞬間、小さく声が漏れ出た。

そうだ、なんで忘れていたんだろう。あの時、小町が言っていたじゃないか。昴が猫に餌をやっていた……と。

もしその猫が商店街に現れる猫と同じなら、昴も記憶を盗られていてもおかしくはない。いや、そもそも昴の様子が変になったのは、記憶を盗られたせいだと考えると自然だ。

――だとしたら、昴が心配！

「ねぇ二紫名。縁さまのところに行く前に、昴と話したいことがあるんだけど」

石段を上ろうとする二紫名を引き留めた。昴が餌をやったという猫が、商店街の猫かどうかだけでも確かめたい。

「それは構わないが……なぜ昴くんと？」

「それは……――」

怪訝そうな表情を浮かべる二紫名に、今までの出来事を説明しようとした、その時――。

「……だからっ！　神社は継がんって！」

石段の上から叫び声が聞こえてきた。聞き馴染みのある、声。

「昴……？」

この声は昴だ、間違いない。だけど彼がこんなにも声を荒らげることがあっただろうか。

温厚で冷静な昴にしては、珍しい。やっぱり混乱して――？

真白さんの掃除のお陰か、いつもより幅が広がった石段を急いで駆け上る。鳥居をくぐったその先に見えたのは、昴のお父さん——惟親さんの大きな背中と、その向こうに見え隠れする昴の姿だった。

昴は顔を真っ赤にし、惟親さんを睨みつけている。その拳はぎゅっと握られ、小刻みに震えていた。寒いから……というわけではなさそうだ。離れた場所からでもわかる、昴の怒り。

「そんなこと言っても……なぁ昴、わかるやろ？」

「わからん！　父さんだって俺の気持ちなんか一つもわかってくれんやん！　俺は継がん。絶対に……神社を継がん！」

「昴……！」

荒々しく叫んだかと思うと、昴は私の横を通り過ぎ、石段を駆け下りていった。すれ違いざま、彼の目にきらりと光るものが見えた。

昴——。

「……なんや、恥ずかしいもん見せてしまったなぁ」

惟親さんの乾いた笑いが境内にこだまする。ゆっくり踏みしめながら近づいてきた惟親さんは、前に会った時よりもいくらかやつれて、顔に疲れを滲ませていた。熊のようだと思った大きな体は、今は空気の抜けた風船のようにしょぼしょぼと縮こまっている。

「あの……」

「――あの子の母親はあの子を産んですぐ亡くなってなぁ。その後、男手一つで育ててきたけど、やっぱり難しいもんやな……うまいこといかんわ」

ぽつりと呟くその声が妙に悲しげで、なんて言っていいかわからない。言い淀んでいると、惟親さんは眉間に無理やり力を入れて、きゅっと眉を引き上げた。

「わっはっは。しんみりするのは性に合わんな。なぁ、八重子ちゃん。恥さらしついでに、ちょっと頼まれごとを引き受けてくれんけ？」

「頼まれごと……ですか？」

「ほうや。昴を……あの子の様子を見てきてほしいんや。それで、できれば話を聞いてやってほしい。私の顔はもう見たくないやろうから……八重子ちゃんにしか頼めんわ」

惟親さんはそう言うと、小さく頭を下げた。その姿が痛々しくって――。

「――わかりました！」

気付いたら、考えるより先に口が動いていた。ゆっくり顔を上げた惟親さんは私の勢いに一瞬驚いていたが、しばらくしてまたフッと眉を下げ優しく微笑んだ。

「……ありがとう、八重子ちゃん。昴は、商店街からほど近い川にいるはずや」

八重子ちゃん、よろしくお願いします。そんな言葉と共に、惟親さんはいつまでも私を見送っていた。

商店街からほど近い川というのは、商店街の通りから横道に逸れたところにある川のことで、この町の人にとって馴染みの深い場所でもある。というのも、この町の七不思議の一つ、「待ち続ける男」の舞台となった場所だからだ。誰かを待っている男の幽霊が、橋を渡る女性に声をかける、というよくある怪談話。しかしその話には続きがあって――。

「すーばーる」

橋の袂に置かれているレトロな木製のベンチに、昴はいた。割と大きいベンチなのに、端の方で膝を抱えるようにして座っているところが、昴らしい。

雨が降った後だからか、普段より川の水嵩は増え、流れも速く、絶えず轟々《ごうごう》と恐ろしい音が聞こえてくる。こんな場所に一人でいるなんて、心細かっただろうに。

「やっちゃん……」

昴は私と目が合うと、急いで視線を自身の膝に落とした。さっきの名残か、肩が僅かに震えていた。

「――昴がここに来るなんて意外。……あ、でも、昴は昔から怪談話を怖がってなかったもんね？」

昴の隣にそっと腰掛ける。彼は驚いたように目を見開いた。しばらく呆然としていたが、やがて淡々と言葉を紡ぐ。

「……もう、ここは心霊スポットじゃないしね。ここ半年くらいかな、話に出てくるような幽霊男を見たっていう人がいなくなったんやよ」

「あ……そっか」

なんの気なしで言った私の言葉に、昴が不思議そうな目を向けた。

――「待ち続ける男」の話には続きがある。実はその「幽霊男」というのは大昔に亡くなった私の祖父で、待っていた相手というのは私の祖母だったのだ。祖父は祖母には会えなかったものの、記憶の箱という名の祖母の幻に想いを告げることができ、無事成仏されていった。祖父は今頃、空の上の方で、祖母と仲良く会話しているのだろう。

「ふふ……こんなこと、前にもあったね」

不意に、昴の声が響いた。ふわりと降る雪のような、優しい声だった。

「え――？」

「ほら、小学生の頃。虐められてた俺に対して、なにも訊かずに寄り添ってくれたよなぁって。今だってさっきのことなにも訊いてこないやろ」

空を見上げる昴の目には、あの頃の私たちが映っているのだろう。取り戻すことができた、私のきらめく宝物たち。

あれはそう、ひとえに祖母のお陰だった。祖母の言葉が今の私を作っているのだ。

「おばあちゃんの受け売りだけどね……」

自嘲気味に答えたら、昴がゆるゆると首を振った。

「それでも、あれはやっちゃんの言葉やったよ。あれで俺は救われたんやから」

そう言った昴は、まっすぐに私を見つめてきた。もう震えてはいない。いつもの昴だ。

「……ありがとう。そう言ってくれて、嬉しいよ」

「俺の方こそ。やっちゃんとこまちゃんには、いつも感謝しとる」

私たちは互いの顔を見て微笑み合った。

思えば、こうしてゆっくり昴と向き合うのは久しぶりだった。昴は常に私や小町を避けていたし、私は私で「やることがある」と昴の異変に向き合おうとしなかったんだ。昴は、もうずっと前からSOSのサインを出していたのに。

記憶を取り戻したところで、昴との繋がりに安心して胡坐《あぐら》をかいてちゃ駄目だ。大事なことを見逃さないように、もっと今に目を向けよう。もう後悔はしたくないから。

「……俺さ、進路に迷っとるげん」

その時、昴が小さく言った。

「神社を継ぐんじゃない？」と言った後の苦しそうな顔、白紙の進路希望調査の紙、先生に呼び出されていた理由、さっきの惟親さんとの言い合い……すべてが一つに繋がる。昴……ずっと悩んでたんだね。

「昴……神社を継がないの？」

「うん。継がない……継げない」

「えっ……」

私の反応を見て、昴はクスクス笑いだした。笑っているはずなのに、その声はひどく悲しく響く。ふと、縁さまの顔を思い出した。

「『宮司になる子は、代々力を持って生まれてくる』……やっちゃんは、父さんから聞いたんやよね？」

「え？　う、うん……」

昴は私の返事を聞くと、突然立ち上がり、大きく伸びをした。ゆっくり振り返った時の昴の表情がどこか大人びていて、ドキリとする。

「あのさ、俺ね……——力がないんや」

——風が唸る。それは悲鳴によく似た音だった。まるで、その秘密を話してはいけないよと言っているように。

「なんでかはわからんけど、俺だけが神様を視ることができんかった」

それでも昴は懸命に話す。私に伝えたいんだ。私に伝えるために、力強く話している。

……本当は、私たちから逃げるほど嫌な話題のはずなのに。

「神様の視えない俺は、鈴ノ守神社を継げんよ。視えないっていうことは、継ぐ権利がないってことやから」

そうして、もう一度小さく笑った。

――昴は神様が視えない。

驚くべきことなのに、私は納得していた。どこかで、そうだろうなと思っていたのかもしれない。だって視えないとしたら、昴が二紫名たちと関わりが薄いのも、縁さまの不自然な態度も、すべてに合点がいくのだ。

「昴……視え、ないんだ……」

「うん」

「それ、お父さんは……!?」

さっきの言い合いからして惟親さんは昴に神社を継いでほしそうだった。もし視えないことを知らないのだったら、教えた方がいいのでは――。

そう思った私に、昴は力なく首を縦に振った。

いつの間にか風はやみ、あんなに荒々しかった川の流れも、幾分か落ち着いてきたようで、妙な静けさが私たちを包んだ。

「父さんは全部知っとるげん。知っとって、俺に継がせようとしとる。でも俺は、ちゃんと視える人が継いだ方がいいと思う。別に宮司の息子じゃないと宮司になれんわけじゃないげん。外部の人で神様が視える人がいるなら、その人がなってくれた方がウチの神様も喜ぶやろうし」

「ウチの神様」と昴は言う。「縁さま」じゃないことに、勝手ながら寂しくなる。

「そ……かぁ……。ごめんね、首突っ込んじゃって。私がどうにかできる問題じゃなかったね……」

てっきり記憶を失くしたことで悩んでいると思っていたのに、とんだ誤算だったようだ。神社のこと、進路のことは私にはどうしようもない。

「ううん、俺が勝手に言っただけやし。それに……やっちゃんにはいつか聞いてほしかったから」

へへへ、と昴は照れ笑いをした。今度は本当に笑っているようでホッとする。

「ねぇ、小町は？　小町には言わないの？」

私たちはいつも三人一緒。私だけが昴の秘密を知っているのは、居心地が悪い。だけど昴は困ったように眉根を寄せた。

「こまちゃんには……言わないで」

「な、なんで！　小町だって心配してたよ？」

「いや……そ、その……こまちゃんにはこれ以上恰好悪いところ見せたくないっていうか……と、とにかく、時期が来たらちゃんと話すから……」

なぜか歯切れの悪い昴。急に頬を赤らめて、口をモゴモゴ動かしている。それに、今のってどういう意味？

「昴、それって……――？」

「あ、あー！　やっちゃんに話を聞いてもらったら安心してお腹が空いてきちゃった！　そろそろ帰ろう、ね、やっちゃん！」

　昴が突然大声を出してきたので、体がビクリと震えた。たしかに、気付けば周囲は暗くなり始めていた。川の向こう側に微かに見える商店街の街灯に、一つ、また一つと明かりが灯る。母もきっと鍋を作って待っていることだろう。

「う、うん……」

「ね、ほら帰ろう帰ろう」

　結局、昴の悩みは解決できなかった。昴はこれからどうするのだろう。惟親さんは昴に力がないことを知っていて跡を継がせようとしているし、これからもたくさんぶつかっていくんだろうな。私にできることがあればいいけど……。

　私たちは並んで、とりとめのない話をしながら歩いた。昴は終始テンションが高く、いつもより口数が多かった。それが今は救いだ。

「ねぇ、そういえばさ、なんであの川だったの？」

「え、なんでって――」

「だってあの川で遊んでる昴なんて、想像できない。そんなに思い入れの深い川なの？」

　じっと横顔を見ていると、昴は思いがけない言葉を口にした。

「あはは、そういうのじゃないげん。あそこは最近猫がよく来るんや。今日も来るかなと思って待っとった」

「今日は来なかったんやけどね」そう残念そうに小さく言った昴の横で、私は別のことを考えていた。

そうだ、猫！　餌をやったという猫が商店街に現れる猫と同じかどうか、確かめなければならないんだった！

「ね、ねぇねぇ！　その猫ってどんな猫だった？　色は白？　特徴は？」

いきなり腕を掴んだからか、昴は目をパチクリさせた。

「そ……う、色は白やよ。変わった猫で、尻尾が二つに分かれてて……ってなんでやっちゃんが猫のこと知っとるん？」

——やっぱり！　商店街の猫と同じに違いない。

「昴……あの、ね」

記憶が盗られたかどうかを、昴に確認したことはなかった。これで記憶を失っていたら、昴と一緒に猫の餌やりを見ていた小町が記憶を失くしていることの説明もつくし、犯人はその猫だということになる。

昴の大切なものの記憶。こまちゃんや私のことは忘れている様子はないし、だとすると……。

「最近バスケの調子どう？」

小町同様、部活動でなにか支障をきたしている可能性がある。

昴の口が開く。ドキドキして次の言葉を待った。だけど――。

「え……？　特に……いつも通りだけど？」

昴はニッコリ笑ってそう言った。

「え――……ほ、本当に本当？　なにか……できなくなって大変な思いしてない？」

「う、うん……本当に本当やよ。なに？　心理テストかなにかなん？」

昴はいたって真面目にそう答えている。嘘をついている様子は……ない。

もしかして、昴の大切なものの記憶は「バスケ」に関することじゃなかった？　いや、それにしては、昴を見ていても「進路に迷っている」こと以外特に変わった様子はない。

とすると、もう一つの可能性は――。

「……やっちゃん？」

頭の中で思考が渦巻く中、突然目の前で手のひらがゆらゆら揺れてハッとした。

「どうしたん？　やっちゃんも困りごと？」

「えっ……ううん、なんでもない」

せっかく手掛かりを掴んだのに、素直に喜ぶことができない。昴だけ記憶が盗られていない可能性がある、なんて――。

遠くで雷が鳴る。また雨が降る気配がした。

公務員陰陽師&フリーランス山伏。
広島を舞台に、異色バディがお届けする、もののけ×お仕事ファンタジー!!

陰陽師と天狗眼

古より怪異と隣り合わせの町・広島県巴市。もののけ絡みのトラブルを〝お仕事として〟解決する部署「特殊自然災害係」の世界観と、ワケアリ黒髪美青年陰陽師&熱血系金髪イケメンバディの活躍が好評を博した人気シリーズ、待望の第2弾が登場！作品・キャラクターの魅力をご紹介します。

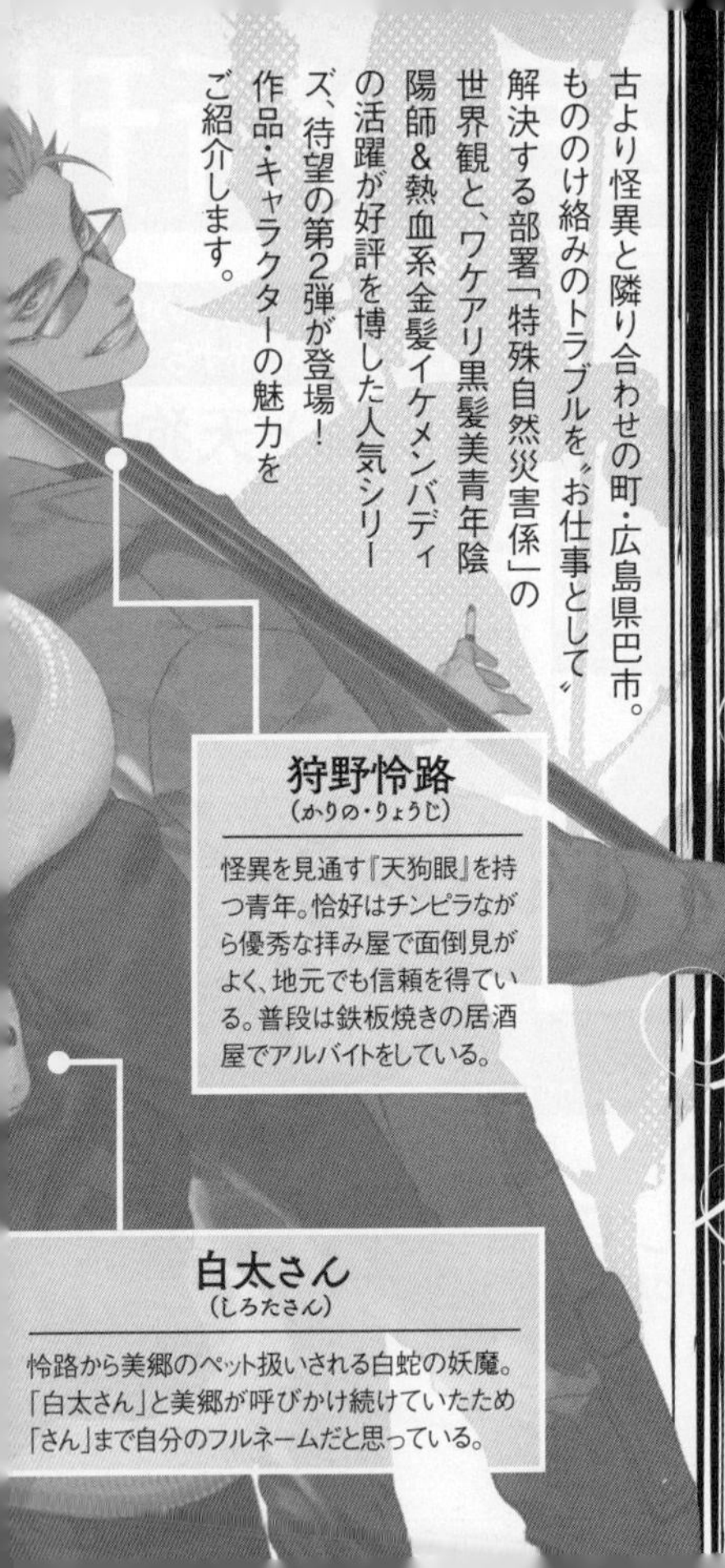

狩野怜路
（かりの・りょうじ）

怪異を見通す『天狗眼』を持つ青年。恰好はチンピラながら優秀な拝み屋で面倒見がよく、地元でも信頼を得ている。普段は鉄板焼きの居酒屋でアルバイトをしている。

白太さん
（しろたさん）

怜路から美郷のペット扱いされる白蛇の妖魔。「白太さん」と美郷が呼びかけ続けていたため「さん」まで自分のフルネームだと思っている。

第1巻

「陰陽師と天狗眼 —巴市役所もののけトラブル係—」

価格＊759円（本体690円＋税⑩）

巴市役所の「危機管理課特自災害係（通称・もののけトラブル係）」。そこに採用された陰陽師・宮澤美郷は、フリーの山伏・狩野怜路といきなり同居することになる。お役所仕事に追われながら、怪異事件を解決していくことに——。

第2巻

「陰陽師と天狗眼 —冬山の隠れ鬼—」

価格＊814円（本体740円＋税⑩）

狗神退治を無事に終えた美郷のもとに、新たな依頼が舞い込んだ。同時期に、怜路には出雲から内密に人捜しの依頼が届く。捜す人物は美郷が愛する弟だった。調査を進めるうち、辿り着いた二つの事件のキーワードは「鬼ごっこ」——。

宮澤美郷
（みやざわ・みさと）

公務員として働くため、巴市にやってきた美貌の陰陽師。引っ越しトラブルで住む家がなく途方に暮れていたところを、怜路に誘われて彼の家に下宿することになった。

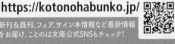

肆　思惑

雨音が鳴りやまない。

一昨日からしとしとと絶え間なく降り続いている雨は、この世の憂鬱をすべてこの町に絞り落とすまでやまないのではないかとすら思う。

いっそのこと雨が雪に変わってくれたらいいのに。今の私には、ゆっくりと静かに降り積もる雪の方が心穏やかでいられる気がする。

「――その特徴は、十中八九、猫又だろうね」

縁さまが静かに言う。樋《とい》から規則的に落ちてくる雨垂れの音にかき消されそうなほど小さな声だった。

拝殿から見える境内はいつにも増して暗く、今がまだ四時だという事実を忘れそうになる。徐々に夜と雨に呑み込まれていくみたいで、少し怖い。

一つの結論が出たというのに、この場の空気はまるでお通夜だった。

「ただ――」

縁さまの瞳がそっと伏せられる。長い睫毛《まつげ》が白い頬に影を落とす。

「ただ、犯人は猫又だとは言い切れない」

落ち着いた口調で、きっぱりと言い放った。

その言葉に一番驚いたのは私だった。

「は……？　え、だって、猫又が記憶を盗《と》った犯人じゃなかったら、一体誰が犯人だって言うんですか……？」

縁さまの言葉の真意がよくわからず、何度も何度も反芻《はんすう》する。

記憶を盗られた人に共通する事柄は「猫に餌をやったこと」だった。更に、その猫の特徴から、猫又という妖《あやかし》である可能性が高いことがわかった。……と、ここまできて、その猫又が犯人じゃないなんてことがあっていいのだろうか。

「ああ、ごめん。黒幕は猫又ではない、って言った方が正しいかな」

「黒幕……？」

突然、物騒な言葉が飛び出てきてゾクリとする。

――何者かがその力を自分のものにしようと暗躍していてもおかしくないわ。

その可能性を一度は排除したはずなのに、あの時の望さまの言葉が脳裏をかすめた。

「そう。忘れたの？　以前言ったよね。この町に力のある者は来ていない……って」

「あ……そういえば」

そうだった。だからこそ私は、町の外の神社にお参りに行って、そこの神様に記憶を盗られたのだと思い込んだんだ。

「僕の知る限りでは、猫又にそれほどの力のある者はいないんだよね。つまり、猫又にはそもそも記憶を盗ることが不可能ってこと」

「で、でもっ……じゃあ、どうやって――」

「――何者かが猫又を使って記憶を盗っていたのだろう」

凛とした低い声。私の言葉を遮ったのは、二紫名だった。それに対し、縁さまはコクンと頷く。

「そんなところだろうね。猫又自体に記憶は盗れないが、何者かが猫又を使って、何らかの方法で記憶を盗った、と。猫又を使ったとされる黒幕は、神か……あるいは……――」

そう言った瞬間、妙な緊張感が走った。二紫名の右目がぴくりと動き、それに気づいた縁さまがふふ、と頬を緩める。

あるいは……その後に続く言葉はなんだったんだろう。

「……まぁ、恐らく、どこかの誰かが僕の力欲しさに悪さをしているってところかな。のぞみんが言っていた通りになってしまったね」

誰かが縁さまの力を……。目の前の青白い神様をじっと見た。

一昨日より昨日、昨日より今日と、どんどん力が弱まっているようで、最近の彼は姿を見せずに臥《ふ》せっていることが多々あった。

こうやって私たちの前に出てくる時は何食わぬ顔をしているが、それでも以前よりくだらないことを話す頻度はぐっと下がっている。

人々の、神を信仰しない気持ちが、じわじわと縁さまを蝕《むしば》んでいく。このままだと縁さまはどうなってしまうんだろう。存在が消えてしまったり……。そう考えたら、背中を冷たいものが走った。

黒幕だとか、力を奪おうとしているだとか……ハッキリ言ってとても怖い。怖いけど、これ以上大切な人が傷つくのは許せないんだ。私はこれからも、縁さまのワガママを聞いていたいよ。

決意を固めると、私はぎゅっと拳を握った。

「……捜しましょう」

「八重子？」

「とにかくその猫……ううん、猫又を捜しましょう！　どうやって記憶を盗ったのか、黒幕は誰なのか、気になることはいろいろあるけど、とりあえずそいつを捕まえないと始まりませんよね。捕まえて、全部聞き出して、記憶を返してもらいましょう！」

大声で言い切ると、それまでポカンと口を開けていた縁さまが突然プッと吹きだした。

私、面白いこと言ったっけ……。

「ふふふっ……」

「なに……なんですか?」

「いやぁ……君江譲りの無鉄砲さ、いさぎの良さ、いいねぇ。八重子のそういうところ、好きだよ」

「えええっ!?」

褒められたことなんてなかったから、なんだかむず痒い。それに「好き」だなんて。免疫のない私は、その言葉だけで顔が火照《ほて》る。

――いやいや八重子、いくらなんでも相手は少年だぞ。いや、その前に神様だぞ。

挙動不審になる私に、二紫名がなぜか氷のような視線を投げかけてきた。

「わ、私も縁さま、す、好きですよ……？　ていうか、そんな縁さま、調子狂っちゃうんで早く元気になってください」

「ふふ……そうだね、ありがとう」

縁さまは、驚く私にまっすぐな視線を寄越した。

この神様を守れるのは、私たちしかいないんだ。猫又を捕まえる。そして、記憶を返してもらう。絶対に――。

雨で濡れた拝殿の石段を、滑らないようにゆっくり下りる。境内にはところどころ大きな水たまりができていて、私たちはそれを避けて歩くしかなかった。

ビニール傘越しに見える、二紫名の背中を追う。傘がぶつからないように歩くので、いつもより距離が遠い。

猫又を捕まえると意気込んだはいいが、問題はどうやって見つけるかだ。ひとまず商店街に現れるのを待ってみるか、それとも――。

「――八重子さん」

考えながら歩いていると、横から声をかけられた。

チリン――。雨の音に交じって、どこからか鈴の音が聞こえてくる。

「……真白さん」

真白さんは白い傘を片手に佇んでいた。傘のせいで目元は見えないが、微笑んでいるのはわかった。彼女は水たまりに注意しながら、ゆっくりこちらに近づいてくる。

「西名さんもご一緒で……本当に仲がいいんですね」

「ええっ？　い、やぁ……仲がいいとかそういうんじゃないんですけどね、あはは……」

もう、やだな、真白さんまでそんな風に言うなんて。さっきまでの緊張感が一気に緩んでしまう。

「ふふ、お二人はこれからどこへ行くのですか？」

「どこって……えっと、今からちょっと猫を捜しに」

「猫？」

真白さんが首を傾げた、その時――。

「本日の仕事はもう終わったはずですが」

二紫名の言葉でハッとした。そういえば、真白さんは一時間ほど前に別れたばかりだ。笑顔で「さようなら」と告げて、そこの石段を下りて行った姿も覚えている。たしかに、なんの用事があって戻って来たのか不思議だった。

「ええ、そうなんですけど……」

「わざわざ戻って来られたということは、なにか特別な用があってのことですか」

それにしても、相変わらず二紫名は真白さんに対して冷たい。言葉の端々に棘《とげ》を感じるのだ。気を悪くしていないといいけど……。

「……いえ、特にこれといった用事はないのですが……。神様にご挨拶をしていなかったことを思い出しまして」

傘に弾ける雨音が、彼女の声を包み込む。

前回のように拝殿に向かうのを阻止するかと思ったが、二紫名は数秒黙ったのち、小さく「そうですか」とだけ言った。そのままさっさと石段を下りて行ってしまう。

「え、ちょっと待ってよ」

いくら真白さんを好ましく思っていないからって、さすがに失礼なのでは。

「あの、ごめんなさい。二……西名さんってちょっと変わってるというか、えっと……」

「ふふ、大丈夫、気にしてませんから。それより八重子さん、先日に比べて大分顔色がよくなりましたね」

「えっ……」

「心配していたんです。どこか体調でも悪いのかしらって。でも治ったみたいでよかったわ。八重子さんに元気がないと、みなさん落ち着かないみたいで……」

傘の下から真白さんの顔が覗く。白い肌に上気した頬。よく見たら紅をさしたのか、仕事をしている時より唇がほんのり色づいていた。小柄で華奢な見た目から、ずっと可愛らしい人だとは思っていたけれど……。あれ……真白さんってこんなに色っぽい人だったっけ。今日は特別綺麗に見える。

「……八重子さん？」

ぼうっとしていたら、目の前に真白さんの顔が迫っていた。私を見る目がスッと細められる。白い腕が伸びて、冷えた指が私の頬をなぞる。

「ひゃっ、あ、の、心配してくださってありがとうございます……！」

——なにこれ、なにこれ！

同じ女性なのに胸がドキドキしてしまい、恥ずかしくなって咄嗟《とっさ》に顔を伏せた。すぐそばで真白さんの上品な笑い声がする。いい匂いがふわりと香ってきて——。

「八重子！」

突然、石段の下から二紫名の声が飛んできてドキッとした。そういえば二紫名を待たせているんだった！

「すみません……あの、私……」

「……そうでしたね、猫を捜しに行くんですものね。お引き留めしてすみません」

「いいえ、私の方こそバタバタしちゃって……」

ペコリとお辞儀をして石段へ向かった。二紫名がうんざりした顔で私を見上げている。

「——猫、見つかるといいですね」

ふいに背後から真白さんの声が聞こえた気がした。うしろを振り向いたけど、そこにはもう誰もいなかった。

＊　＊　＊

——あれから数日経った。

「二紫名っ」

神社の前、雨粒の隙間からあの藤色の傘が見えて、遠くから叫んだ。

右手に傘をさしたまま走ったので、もはや傘の意味はなく、制服のスカートはびしょ濡れだ。おまけにスニーカーの中も水がじくじく染みている。けれどもそこまで不快じゃないのは、気持ちが上向きだからだろうか。

「なにかわかったのか？」

会って開口一番がそのセリフって……。すさまじい既視感に思わず笑いそうになる。

私は、息を整えて、ポケットから一枚の紙を差し出した。濡れたせいで水玉模様のシミがついたその紙は、調査結果をまとめたメモだった。

「もっちろん！　私一人でもちゃんとやれてますからっ！」

「……どうだか。八重子のことだ、どこかに抜けがありそうだな」

「し、失礼な！」

二紫名は紙を受け取ると、横で地団駄を踏む私を見ていつものようにニヤリと笑った。

すぐに見つかるかと思った猫又は、そう簡単に姿を現してはくれなかった。

ヤツは猫に変化しているだけでなく、妖としての気配を消しているらしい。それならばと、偶然出くわすのを期待してブラブラ歩き回ったが、そんなラッキーすらなかった。

妙な違和感を覚える。まるでこちらの動きを把握して、会うのを避けているみたいだ。

やみくもに捜しても埒《らち》が明かないと思った私は、町の人に再び聞き込み調査をすることにした。猫をいつ、どこで目撃したのかを訊いて回ったのだ。

その結果、面白いことがわかった。猫又は意図的なのか、なんなのか、毎週決まった曜日に、決まった場所で目撃されている。

月曜と火曜の夜に商店街、木曜の夕方に昴が餌をあげたという川、金曜の昼に学校周辺……という具合に。その他の曜日、時間帯についてはどこにいるのかハッキリわからなかったものの、これはかなりの収穫なのではないか。

人が大勢いるところでは目立つことはできない。となると、捕獲場所は限られてくる。この中で私たちが動いても目立たない場所は……——。

「——川だな」

二紫名が呟《つぶや》いた。

あの川なら普段は人がいる様子はないし、捕まえるタイミングを窺《うかが》いやすい。それに今日は、木曜日。

「だよね。どうする？　いつ行く？」

意見がまとまった今、じっとしてはいられなかった。はやる気持ちを抑えられずに、二紫名の着物をぐいっと引っ張る。

「早い方がいい。できれば猫又が川に現れる前に移動して、準備しておきたい」

「よしっ！　そうと決まれば出発——」

「ちょおおおっと待ったああ！」

歩き出した瞬間、後ろから賑やかな声が降ってきてズッコケそうになった。

振り返ってぎょっとする。石段の一番上に黒い傘をさしたクロウと、赤に白の水玉模様のポンチョを着たあおとみどりが、ヒーローが登場する時さながら立っていたからだ。

……いつの間に。

「おいおいおい、八重子、まーた二紫名と二人で行こうってか？」

「ズルいのーっ」

「のーっ」

三人は私たちの元まで一気に駆け下りてくると、ピーチクパーチク喚きだした。

「ちょ、ちょっと待ってよ。聞いてたの？」

私の言葉にクロウはニヤリと笑った。

「だから前も言っただろ？　野良で鍛えたこの耳をなめるなよ……って」

「だからって……」

「あおもつれてってー！」

「みどりもつれてってー！」

真上にびしっと手をあげるあおとみどり。目を爛々《らんらん》とさせ、やる気に満ち溢《あふ》れていることがよくわかる。

……どうしよう、相手は妖だ。しかも黒幕と言われる、力のある者と関係のある妖。いろいろと未知数なことが多すぎる。

クロウの住処《すみか》だった森を訪れた時のことを思い出す。あおとみどりは殺気立ったクロウと二紫名に怯《おび》えていたじゃないか。この二人を連れて行くのは気が進まない。

「いいんじゃないか」

答えに困っていると二紫名が口を開いた。

「でも――」

「こいつらも妖の端くれだ。そのくらいの覚悟はあるだろう」

二紫名が二人に目を向けると、二人は待ってましたと言わんばかりにピョンと跳ねた。

「やえちゃん。あおね、もう大丈夫なの！　今度はきっと役に立ってみせるのー！」

「みどりも、大丈夫なのー！」

「な、犬ころもそう言ってることだし、連れてってやろうぜ。もちろん俺も。たまには頼れよなっ」

クロウがニカッと歯を見せる。

「みんな……」

三人の笑顔に胸がじーんとする。目頭が熱くなったのを悟られたくなくて「んん」と咳払いをして誤魔化した。

「じ、じゃあ、どうやって捕まえるか作戦会議をしようか。やっぱりみんなで隠れて、猫又が現れた時を狙って一斉に――」

「それなら既に案がある」

「へ？」

二紫名がしたり顔で私を見た。なにかを企んでいるようなその顔に、不安が募る。……なに？　なんなの？

けれどもそんな私の視線に二紫名が気づくはずもなく、彼はクロウたちに向き直った。

「……いいかお前たち、これは団結力が必要だ。三人それぞれ役割を担ってもらうぞ」

「だんけつりょくー？」

「やくわりー？」

同時に首を傾げるあおとみどりが可愛くてクスクス笑っていると、

「八重子、のんきにしているが、お前にも一つの役割を担ってもらうからな」

と、鋭いツッコミが飛んできた。

「わ、私も？」

きょとんとする私を見て、二紫名はニヤリと笑った。

「――ああ、最重要任務だ」

長く続いた雨はいつの間にかやみ、雲の隙間からきらきらと太陽の光が漏れる。久しぶりの晴れ間に、神様が猫又捕獲の舞台を調えてくれているように感じた。気持ちは前向き、やる気も十分……だけど。

——準備って、こういうこと……!?

たしかに二紫名は言っていた。「できれば猫又が川に現れる前に移動して、準備しておきたい」と。だからって、まさかこんな原始的な方法だとは。

「……クロウ、異変はないか」

隣に立つ二紫名が空を見上げてそう言った。上空を一羽のカラスがゆっくり旋回している。カラスは一声「カァ」と鳴くと、近くの背の高い木の枝にとまって遠くを見渡した。

「あお、みどり、そっちは?」

二紫名は、今度は橋を渡った向こう側に視線を投げかけた。遠くの方から「きゃん」「きゃん」と犬の鳴き声が返ってくる。

「クロウ、あお、みどり。いいか、ここはいつ人が来るかわからない。なるべく力は使うな」

最後にそう言うと、二紫名はこっちに向き直った。

「あとは……八重子」

「うっ、ひゃあい!」

——いけない、変な声が出てしまった。

「……なにを緊張しているのだ」

「だ、だってだって……こんなことになるとは思わなかったから……」

私はというと左手に猫の餌を持ち、例のベンチに座っていた。タオルで拭ったものの、さっきまで雨にあたっていたベンチはとても冷たい。

「最重要任務だと言っただろう」

「そうだけど……」

「八重子にかかっている。……頼むぞ」

そう言い残し、二紫名は自分だけ近くの茂みにその身を隠した。さっきまで賑やかだったのに、途端に静かになる川辺。濁流の音に交じって私の心臓の音がやけに大きく響く。周囲を見回してみても一見すると誰もいない状況が完成し、これで私はめでたく一人ぼっちになったというわけだ。

――うう、なんだか落ち着かない。

猫又はどこから来るんだろう。きょろきょろ視線を彷徨《さまよ》わせ、手元の餌の袋の開け閉めを繰り返していると、茂みから「八重子」と小声で釘を刺された。

わかっている……けど、一人でじっと待つというのもなかなかつらいものがある。それに実際この場所に来てみると、こんな寒い中、本当に猫又がやってくるのか不安になってきたのだ。

私は橋の向こう側を見つめると、ただぼうっとすることに集中した。

――それはほんの数分前のこと。

「いいか、クロウは空、あおとみどりは橋の向こう側から様子を窺っていてほしい」

川に着いて早々、二紫名は私たちに向かってそう告げた。

彼の作戦はこうだ。クロウは空を飛び、全体を把握する。つまり猫がやってきたことを報せたり、猫又が逃げるようならどこへ向かうのかを空から監視する係。あおとみどりは、猫又が橋の向こうに逃げた場合、その逃げ道を塞ぐ係、というわけだ。

「はぁ!? この俺にあの姿になれって言うのかよ」とはじめは文句を言っていたクロウだったが、二紫名に「これは大事な任務なのだぞ。空を飛べるお前にしかできないと思っている」とおだてられ、上機嫌でカラスの姿に変化していた。

あおとみどりに関しては言わずもがな、初めての川にはしゃぎまくり、ろくに話も聞かずにルンルン気分で橋の向こうに駆けていった。

三人を連れてきたことを早くも後悔しはじめる。こんな様子で大丈夫なのかな。

そして私はというと、なんと――。

「えっ……おとり!?」

「そうだ。八重子には猫又をおびき寄せるおとりになってもらう」

あまりに突飛すぎて、二紫名から手渡された袋を思わずぐしゃっと握りつぶしてしまうところだった。

「おとりって……あのおとり？」

「何度も言わせるな」

「だって……二紫名も一緒にいてくれるんだよね？」

おずおず二紫名を見上げてみるが、彼はなにを言っているんだと言わんばかりに眉を顰《ひそ》めた。

「相手は猫又だ。当然俺たち妖の気配を感じ取る。俺が隣にいたら現れないだろうな。それに、八重子はまだ記憶を盗られていないだろう？　これ以上にない、いいおとりだと思うが」

そうかもしれないけど！　もうちょっと心配してくれてもいいじゃないか。感情のひとかけらもない言葉に胸が痛くなる。私のことをていのいい使いっぱしりくらいにしか思っていないことがよくわかる。ため息は雨粒のようにポタリと落ちていった。

「いいか八重子、油断するなよ。気を引き締めていけ」

「……はぁい」

かくして私が「おとり」となって猫又をおびき寄せ、警戒心が薄れたところで捕獲する作戦が発動されたのだった。

——そして現在。ひたすらぼうっとすることに挑戦中の私の頭の中は、いらぬ雑念で溢れかえっていた。こんなに寒いんだったら、カイロをあちこちに貼って来るんだったな……とか、今日の夜ご飯も鍋がいいなぁ……とか、とにかく「寒い」という事実が私を苦しめる。カタカタ震える手足を一生懸命擦っては温めた。

そうやって何分経っただろう、いきなり頭上で「カァー」とけたたましい鳴き声がして、ハッとした。——クロウだ。彼が合図をしている。

一気に心臓がぎゅっと縮こまった。猫が来る。妖である、猫又が……。

——落ち着け八重子！　私はなにも知らない、ただ餌をあげる女子高生。自分自身にそう言い聞かせる。

それでも心臓はドキドキを通り越してまるで早鐘のように打ち、自然と呼吸は荒くなっていった。なにしろ一人で妖と対峙するのは初めてのことなのだ。周辺でみんなが見守ってくれているとはいえ、例えようのない不安にかられる。

いきなり襲ってきたらどうしよう。記憶を盗られてしまったら……。

心の中で何度も「大丈夫」と呟き、冷えた空気を胸いっぱい吸い込んだ。と、その時。

——チリン。

鈴の音が聞こえてきてドキッとした。私の足元に、いつの間にか白猫がやって来ていたのだ。白猫は私の足にすり寄るように八の字に歩くと、目の前にちょこんと座った。

――もしかして……この子が猫又……？

上品で綺麗な猫だった。一点の汚れもない白い姿は、たしかに「野良」と言うのは些《いささ》か不自然だ。長い二股に分かれた尻尾、首には金色の小さな鈴がつけられていた。……なんだ、さっきのはこの子の鈴の音か。咄嗟にそう思ったものの、すぐさま首を捻《ひね》った。なんで私は「なんだ」なんて思ったんだろう？　私は一体なにを……――。

――ミャア。

猫は、これまた鈴のような声で鳴いた。なぜだか心臓がドクンと脈打つ。私はなにか見落としているんじゃないだろうか。記憶を手繰り寄せようとするが、うまくいかない。

――ミャアオ。

そのガラス玉のような大きな瞳が、私をじっと見つめる。小さな口から鋭い歯が見え隠れする。

「あっ……ごめん……餌、ほしいよね」

あれだけ怖がっていたのが嘘みたいに、自然と話しかけていた。目の前の猫が普通の猫にしか見えなくて、妖だということを一瞬忘れそうになる。だってこんなに大人しいのだ。「妖」「猫又」から想像していた姿とはかけ離れた愛らしい姿に、私はすっかり気が抜けていた。油断するな、という二紫名の言葉を忘れて。

「ほら、どうぞ。ごめんね、ちゃんとしたお皿がなくて紙皿だけど……」

私はしゃがみこんで猫と同じ目線になり、袋から餌を取り出した。紙皿にパラパラと餌を入れると、猫の方に押し出す。

その様子をじっと見ていた猫だったが、やがて辺りを見回して長い脚をしなやかに動かし、慎重に紙皿に近づいた。ゆっくり確かめるように一口頬張る。食べられるものとわかったのか、急に勢いよく食べだした。食べる最中、たまに尻尾がゆらゆら揺れる。

――可愛い……。

ぼんやりその姿を眺めていると、次第に頭がぼうっとしてきた。急に煙が立ち込めたみたいに意識も視界もハッキリしない。どこからかいい匂いが漂ってくる。この匂い、どこかで嗅いだ気がするけど、どこだっけ……。

――チリン。

餌を食べ終わった猫が私に近づいてくる。鈴の音がどんどん大きくなる。いけない、早く捕まえないと。だけど匂いのせいかふわふわと、まるで夢見心地で動けない。

――チリン。

――なんで私、野良猫に餌をあげているんだろう。私はなにをしようとしていたんだっけ？　たしか、二紫名たちと一緒に……。にしな……にし、な……聞き覚えのあるその名前。でも思い出せない。誰……？

頭が痺れる。もうなにも考えられない。猫の青い瞳が間近に迫って――。

「――今だ！」

いきなりの大声に体がビクンと跳ねた。と同時に頭の中に様々な記憶が蘇ってくる。私を見つめる群青の瞳。冷たい手。意地悪そうな笑い顔。にしな……二紫名！

体中に記憶が巡る。私が私に戻っていく感覚。私……記憶を盗られるところだったんだ。

「……っ！　ゲホッゲホ……」

まるで初めて呼吸をしたかのように、肺に取り込んだ空気の冷たさに思わずむせてしまった。

まだ視界がチカチカする。それでも必死に瞬きを繰り返しようやく見えた世界にいたのは、毛を逆立てて威嚇《いかく》する猫と、それを取り囲む二紫名たちの姿だった。

「逃げられると思うな」

じりじりと迫る二紫名。猫はすかさず橋の上に移るが、そっちには既にあおとみどりが待ち構えていた。逃げ場は、ない。三人はどんどん間合いを詰めていく。ピンと張り詰めた空気に猫の殺気が満ちていた。

「いけ！　あお、みどり！」

二紫名の合図で二人は猫に飛び掛かった。もう少しで捕まえられる……！　そう思ったのに、猫はひょいっと橋の欄干に飛び移った。どうするつもりだろう。橋の五メートルほど下には茶色く濁った川がうねり流れているだけだ。……まさか。

――ドクン。

考えるより先に体が動いていた。両足を必死に動かして、猫の元まで駆けていく。……だめ。だめだよ、お願い間に合って……!

それはスローモーションのようだった。猫はひらりと身を翻すと、静かに美しく跳び上がった。欄干から離れた体は、ゆっくりと見えなくなっていく。

「だめっ!」

欄干から身を乗り出して、思い切り両腕を伸ばす。手のひらに毛の感触があって、それを無我夢中で掴んで抱き寄せた。

――よかった……。

安心したのもつかの間、今度は私の視界が傾いていく。さっきまでいたはずの欄干が、なぜか遠ざかって……。

――え……もしかして……落ちる!?

そう思ったらあっという間だった。急速に感じる重力に、もはやこの身を任せるしかない。上空で広がる黒い羽。クロウが巨大なカラスの姿になって私を助けようとしている。だけど、ダメ。間に合わない……!

せめて、この子だけは助けないと。みんなの元に届けて、記憶の在りかを聞き出さないと。猫を抱える腕にぎゅっと力を込めた。

「八重子！」

遠くで二紫名の叫ぶ声が聞こえる。目前に濁流が迫り、思わず目を瞑《つむ》った。冷たい水の感触と衝撃を覚悟した、のだけど。

「……あ……れ……？」

数秒経ったのに、一向に流される気配はない。それどころか、水にすら濡れていないのだ。おそるおそる目を開けてみた。

視界いっぱいに広がるのは、さっきと変わらず濁った川だ。たまにしぶきが顔にかかる程度で、私の体が浸かっている様子はない。そう、私の体は川に落ちる一歩手前でぷかりと浮いていたのだ。もしかして、二紫名が――？

「ひっ……」

間近で見る川に、思わず息を呑んだ。橋の上からより流れの速さがよくわかる。あちらこちらでうねり、盛り上がり、すべてのものを呑み込もうとしている。こんな中に落ちていたらただ流されるだけでは済まなかっただろう。

そのまま空中を漂いながらゆっくりと陸地に近づき、ついには元いた橋の上に戻ってきた。ぱちりと泡が弾けるように力は消え、私はその場で尻餅をついた。

「痛っ……」

打った場所をさすりながら前を向くと、そこには珍しく不機嫌そうに顔を歪めた二紫名が立っていた。

「二紫……──」

「この阿呆《あほう》！」

怒ってる。神社の外で力を使わせちゃったから。「なるべく力は使うな」って、二紫名言っていたのに。

「ご、ごめんね。力を使わせちゃって……」

「そんなことを言っているのではない！　あのまま川に落ちていたらどうなったかわかっているのか！」

あまりの大声に鼓膜が震えた。いつも飄々《ひょうひょう》としているあの二紫名が、こんなに声を荒げるなんて……。

「だって、捕まえられそうだったから」

「そんなこと──」

「それに！　……それに、猫は水が苦手でしょう？　川に落ちたら死んじゃうと思って……勝手なことしてごめんなさい」

腕の中の猫に目を落とす。飛び込んだ拍子に気を失ったらしい。小さく上下する背中をそっと撫でると、手にぬくもりが伝わった。生きていてよかった。

「なにを同情しているのだ。そいつはただの猫じゃない。猫又という妖で、人々の記憶を奪ったやつなんだぞ」

「わかってる……けど……」

怒気を含んだ声に奥歯をぎゅっと噛んだ。わかっている。この猫は愛らしい姿かたちをしているけど、本当は妖だということ。だけど……――。

二紫名の顔を見ることができずに、彼の雪駄《せった》を見つめる。頭上から重苦しいため息が降ってきた。幻滅されたかもしれない。そう思うと胸が震えた。

「……まぁ、死なれたら困る……か」

しばらくの静寂のあと聞こえてきた独り言に、パッと顔を上げた。

「二紫名……！」

「ただし、もう無茶はするなよ。八重子は放っておくと無茶ばかりする」

二紫名はゆっくり腰を屈めると、私の頭をふわりと撫でた。もしかしてまた子ども扱いしている？　それとも――。

「もしかして……心配、した……？」

「するに決まっているだろう」

「っ………！」

なんの迷いもない返事に、彼のまっすぐな瞳に、胸が高鳴る。

ねぇ二紫名。私って、あなたにとってどんな存在？　少しでも大切だと思ってくれているなら……嬉しい。

二紫名の指が私の頬をなぞった、その時――。

「やえちゃん、しんじゃうかと思ったのー」

「思ったのー」

女の子の姿に戻ったあおとみどりが後ろから激突してくると、そのまま頬にすり寄ってきた。

「おい八重子っ！　お前すごい度胸だな。さすがこの俺が見込んだだけあるよな！　しっかし危なかったなー。俺の羽が間に合わなくて、どうなることかとヒヤヒヤしたぜ」

更に、クロウも空から降りてきて元の姿に戻ると、なぜか嬉しそうに私の肩を叩く。

「まったく。クロウ、おまえがノロいせいで俺が力を使う羽目になったではないか。野良として培った瞬発力はどうしたのだ？　鈍ったのではないか？」

「ああ!?　おいおいおい、言うじゃねぇかお坊ちゃん……！」

「ま、まぁまぁ」

そうだった。みんないるんだった。しかもまだなにも解決していないのに、私ってば。

「あ、はは……。それよりさ、この子……どうしよう」

気を取り直してみんなに向き合う。今やるべきことは、この猫からいろいろと聞き出すことだ。

「あ……！　そいつ！」

腕の中で気を失っている猫をみんなに見せたところ、真っ先に反応したのはクロウだった。

「クロウ？　知ってるの？」

「俺さ、前、八重子に、面白いことがあったって言ったじゃん。ほら、八重子が妙に慌てて神社にやって来た夜！」

「……？　そんなこと言ってたっけ？」

ウキウキ話すクロウには申し訳ないが、残念ながらまったく思い出せない。多分、「妙に慌てて神社にやって来た夜」って、商店街の人々に異変を感じた夜のことだと思うけど……あの日は正直「早く縁さまに会わなきゃ」ってことばかりで、それどころではなかったのだ。

いつまでも首を傾げる私に焦《じ》れたクロウが、「あ〜もう！」と声を上げた。

「いいさいいさ、俺なんて……俺なんて……」

「ご、ごめんってば。ほら、それで？　なにがあったの？」

がっくり肩を落とすクロウに慌ててそう促した。話が逸れてしまっては埒が明かないからだ。

クロウはまだなにか言いたげに唇を突き出しつつも、渋々話し始めた。

「――あの日より五日ほど前の夜、俺、久しぶりに住処だった山に行ったんだ。ここら辺も随分変わったよなーなんつって歩いてたら、茂みに倒れてる一匹の猫を見つけてさ。一瞬寝てんのかとも思ったけど、よく見りゃ体中傷だらけで。このまま放っておくと危ねぇから、ほんのちょっとだけ俺の力を分け与えて傷を治してやったんだ」

「えっ……まさか……」

「そいつに鈴はついてなかったけど、その二股の尻尾は間違いねぇよ。あの時の猫だ」

クロウは力強く頷いた。

「――で、結果として猫又を回復させてやった、というわけか」

ため息交じりに二紫名が呟く。心底うんざりといった表情でクロウを睨《にら》みつけた。

「っ……！　仕方ねぇじゃんか。そいつ、なんの匂いもしなかったんだから」

「匂い？」

「ああ……妖だったら匂いでわかるはずなんだ。でもそいつ、なんの匂いもしなかったから……だから……」

その後に続く言葉はごにょごにょとして聞き取れなかった。二紫名に嫌なところを突かれたのがよっぽど悔しいらしい。

それにしても、「匂いがしない」その一言が引っかかる。つい最近同じ言葉を聞いた気がするのだ。そう、あれはたしか……。

なにか思い出しそうだったその時、二紫名が口を開いた。

「——ともかく、そいつが眠っている間に移動しよう。鈴ノ守なら縁さまの結界がある。目覚めてもそう簡単には逃げられないだろう」

そう言って、未だ目を覚まさない猫を見下ろした。

社務所に戻るとすぐにストーブをつけた。まず先にこの冷えた体を温めないと、猫又も私も凍え死んでしまう。シュボッという音がして、やがてじんわり暖かい風が吹き出てきた。猫をストーブの真ん前に寝かせて、私も両手をかざす。二紫名たちは部屋の隅に座り、黙りこくっている。

畳にはトランプが放り出されていた。クロウたちが遊んでいて片付け忘れたのだろう。ただ、あおもみどりも遊ぶ状況ではないと察したのか、それらをチラッと見るだけで、近寄ることはなかった。私たちはただじっと、その時を待った。

そうして体を温めること数分、ようやく猫がのっそり体を起こした。まだ寝惚《ねぼ》けているのか辺りをゆっくり見回していたが、私たちと目が合うと途端に毛を総立ちさせる。

——シャアアアッ！

「逃げ場はないぞ」

二紫名の言葉に、猫は部屋を激しく駆けずりだした。あおとみどりが捕まえようとそれを追いかけるが、素早くてなかなか追いつけない。彼らのせいで風が巻き起こり、トランプが部屋中に舞い散る。そのうち、バチリとなにかが激しく弾ける音と共に、猫はいきなりその場に倒れ込んだ。

「あっ……！」

驚いた私は咄嗟に駆け寄る。猫の体からは白い煙のようなものが出ていた。

「心配ない、結界に触れただけだ。そうだろう？　猫又よ。もう猫のふりをするのはやめろ。お前のことはすべてわかっているのだ」

静まり返った部屋に、二紫名の冷たい声が響く。

観念したのか、猫はむくりと体を起こすと大きな瞳をぎょろりと動かした。やがてその体から発生した煙はどんどん濃くなっていって――。

「あ……あなたは！」

濃くなった煙が完全に消えた時、ハッと息を呑んだ。なんで？　まさか。どうして？

俄《にわ》かには信じられなくて、眩暈《めまい》がした。

だって目の前にいるのは、とても「記憶を盗る」なんて悪さをするような人物に見えなかったからだ。

「……真白……さん……？」

そう。煙の中から現れたのは、神社のお手伝いをしてくれている、あの優しい真白さんだった。

「しろちゃん……？」

「なのー……？」

あおとみどりもその場に座ってポカンとしている。

真白さんは眉根を寄せ、唇を強く噛みしめたまま畳の上に座り込んでいる。ただ一点を睨みつけ、人形のように動かなくなった。

「……やはりお前だったか真白。おかしいと思っていたのだ。お前からは妖の匂いも人間の匂いも、不自然なくらい『匂い』そのものを感じなかったからな」

二紫名はさほど驚いていないようだった。淡々と、感情のこもらない言葉を吐き出す。

そうだ、「匂いがしない」って、真白さんのことだった。

真白さんはなにも答えない。

「ま、真白さん……嘘ですよね……なんで……」

「ふっざっけんなよ！　おい、真白！　お前、俺たちを騙してたのか⁉　俺たちが気づかないことを嘲笑《あざわら》ってたのかよ！」

私の言葉を遮ったのは、クロウだった。すごい剣幕で真白さんに詰め寄ると、彼女の胸ぐらに掴みかかる。

「俺……お前のこといいやつだと思ってた。ちょい面倒くせぇけど、犬たち《こいつら》とも仲良く遊んでやって、いいやつだなって。それなのに」

真白さんをまっすぐ睨みつける。

「楽しくやってたのも……縁の力を奪うための演技だったんだな」

クロウの言葉に、それまで無反応だった真白さんの瞳から一筋の涙が零れた。透明で穢《けが》れのない美しい涙。そんな涙を流す人が、縁さまの力を奪うために記憶を盗ったりするだろうか。賑やかなのが嬉しいと微笑んだことも、私の体を心配してくれたことも、全部全部嘘だったと？

「ちょっと待って……」

私はよろよろと二人の元へ近づくと、クロウの腕を掴んだ。目を見開くクロウに向かってゆっくり首を横に振ってみせる。

「なんだよ、八重子！　こいつは記憶を盗った張本人なんだろ？」

「そうかもしれないけど……でも、話を聞いてみようよ。なにか理由があるのかも。怒鳴ったってなんにもならないよ、そうでしょう？」

クロウの灰色の瞳が揺れる。きっと彼も信じられなくて、信じたくなくて、そのせめぎあいの中でもがいているのだろう。

「………ちっ」

小さな舌打ちと共にその手を離したクロウ。反動で後ろによろけた真白さんだったが、

「けほ」と小さく咳《せ》き込んで、すぐに体勢を整えた。

「真白さん……教えてください。どうして記憶を盗ったりしたんですか？」

きゅっと閉じられた唇が緩やかに開いていく。真白さんが息を吸う音がこちらにまで聞こえてきた。みんなが彼女に注目していた。

「……ある夜のことです。妹の一人が猫又の里の者と口論になり、そのまま里を飛び出しました。私たちは里の外で生きる術《すべ》を知りません。心配になった私は一人、妹を捜しに里を出たのです」

「はぁ!?　それのどこが今の話と関係するってんだよ」

「いいから！　クロウ、しーっ！」

文句を垂れるクロウの口をすかさず塞ぐ。

「ごめんなさい。それで？」

続きを促す私を見て、真白さんは申し訳なさそうに言葉を続けた。

「外の世界は広く、暗く、恐ろしかったです。私は、早く妹を見つけなければと焦っていました。妹の匂いを辿り、ある山に着いた時、そこへ一人の青年がやって来ました」

「青年……？」

今まで黙っていた二紫名が反応を示した。真白さんはコクリと頷く。

「ええ。ですが私はすぐに気付きました。『彼は私たちと同じ妖である』……と。私たちとは比べようもない力が体の内から溢れ出ていたのです。青年は私に近づくと、一枚の布を渡してきました」

そう言うと、真白さんは実際に、胸元から一枚の布切れを取り出した。白い布に墨で文字のようなものが書かれていた。

「匂いを消すまじないを施している……と、青年は言っていました。妖の匂いをさせて山に入ると、縄張り意識を持つ輩に襲われるから……と」

「それで匂いがしなかったのか」

「ええ……ずっと持ち歩いていましたから……。これのおかげで山に入って初めの頃は私一人でもなんとかなったのですが……迂闊《うかつ》でした。妖は現れなかったのですが、その代わり獣たちに襲われて、人の姿に変身する力がなくなってしまったのです。猫の姿で動けなくなっているところを、黒……いいえ、クロウさまが助けてくださいました」

それはたしかに、ついさっきクロウから聞いた話だった。つまり、真白さんとクロウは初対面じゃなかったことになる。でもなぜ真白さんは妖だということを隠して、クロウのそばにいたのだろう。

真白さんはそこまで言うと、潤んだ瞳でクロウをじっと見上げた。

「クロウさまのおかげで、その後、無事に妹にも会うことができたんです。ご存じの通り、私たち妖は恩を返します。助けていただいた恩を返したく思い、クロウさまのいらっしゃる鈴ノ守神社を訪れたのです」

「はぁ!?　ちょっと待てよ。意味わかんねぇ。なんで恩を返すことが記憶を盗ることになるんだ。おかしいだろ！」

「それは……――」

ここに来て初めて、真白さんに迷いが生じたのが見て取れた。そわそわした目つきで落ち着かない様子。なにかに怯えているような……でも、なにに？

「――ちる」

真白さんの代わりに口を開いたのは、二紫名だった。掠《かす》れた小さな声。なんと言ったかは聞き取ることができない。

「え……？」

「……その青年になにか言われたのだろう？」

二紫名の言葉に真白さんは大きく目を見開いた。途端に全身がカタカタ震え出す。

「でも……あの……」

「心配するな。ここは縁さまの結界の中。その者でも容易《たやす》く破ることはできまい」

「…………」

真白さんは、まるで気配を探るように部屋の隅々まで見回すと、やがてポツリポツリ語りだした。

「──妹を連れて里へ戻った時、再びあの青年がやって来たのです。彼はこう言いました。『烏天狗《からすてんぐ》に助けてもらったようだね』と。なぜそのことを知っているのか……私は驚き訊ねようとしましたが、できませんでした。もっと驚くべきことを彼が言ったからです」

「驚くべきこと……？」

真白さんは私を見て、それからクロウを苦しそうに見つめた。

「……あの烏天狗は鈴ノ守の神・縁に幽閉されて、いいように使われている。助けたくはないか……と」

「えっ……──」

「はぁ!?　なんだよ、それ！」

明らかに事実と異なる話に、私たちはただ驚くことしかできない。

「ごめんなさい……！　その時は信じてしまって……」

「……それで、青年と手を組んだというわけか。おおかた『神様の力が弱まれば妖を抱えきれなくなり、烏天狗も野良に戻る』とでも言われたのだろう？」

二紫名に厳しい視線を向けられ、真白さんはすっかり身を縮めてしまった。唇を真一文字に引き結び、コクンと頷く。

「『なにも特別なことをする必要はない。お前は手伝いとして鈴ノ守神社に出向き、そこに住まう妖たちの動向を見守れ。それ以外の時間は猫の姿で人々と戯れるだけでいい』と、そう言われました。そんな簡単なことでクロウさまにご恩が返せるなら……と、安易に引き受けてしまったのです」

「引き受けてしまったって……真白、お前、なにをしたのかわかってんのかよ」

さっきまでの怒鳴り声から一変、クロウは穏やかな口調で真白さんを問い詰めた。なにか思うことがあるのか、明らかに覇気がなくなっている。

「ただクロウさまをお助けしたい一心で……！」

「だからって――」

「わかっています……！　どんどん大事になっていくのを見て、恐ろしくなりました。話に聞いていたのと違い、クロウさまも楽しそうで……もしかしたら私は騙されたのではないか、と思いました。でも気づいた時にはもう遅かったのです……！」

真白さんの目からボロボロと大粒の涙が零れ出る。それらは宝石のように一粒一粒輝き落ちて、畳にじわりと染みこんでいった。

「遅かったって……どうしてですか？」

私の問いに真白さんはしゃくりあげる。

「何度も縁さまにお話ししようと思いました。でもその度に体が動かなくなるのです。しかも耳元で、いるはずのない青年の声が聞こえました。『このことを誰かに話したら、猫又の里を消す』と……。まるで呪いでもかかってるかのようで、私……どうしたらいいかわからなくって……！」

——それはあっという間の出来事だった。

二紫名はもたれかかっていた壁を離れると、泣きじゃくる真白さんの元へ一直線に近づいた。彼女の肩をそっと抱き、そうすることがさも当然といった様子で自身の腕に流れるように引き寄せる。

その二人の姿があまりに美しすぎて、呼吸をするのも忘れてしまう。けれども一方で、泣いている真白さんを慰めるためだとわかっていても、胸の奥がひどく痛んだ。「心配するに決まっているだろう」と私に言った時のような優しい瞳で、私に触れた優しい手つきで、真白さんを見ないで、触らないで——。そんな身勝手な思いが自分の内に溢れて止まらない。じりじりと焼けつくような痛みに吐き気すらする。

このまま二紫名が彼女を抱きしめなんかしたら、それこそ見ていられない。……と目を背けようとした、その時。

「あ、の……二紫名さん……？」

困惑してすっかり涙も止まった真白さんの首元に、二紫名の指が這う。それはなにかを探るように動いていたが、やがて首の後ろでぴたりと止まった。

——あれ？　なにやら様子がおかしい。私が想像していた甘い雰囲気とはちょっと違うような……。

「——これだな」

スッと上に引き上げた手には、なにかが握られていた。目を凝らしてよく見ると、それは金色に輝く小さな鈴だった。

「鈴？」

「ああ、猫の姿の時にしていただろう？　人形《ひとがた》になった時もどこかに隠されているはずだと思ったのだ。……この鈴が、いわば記憶を盗る道具なのだろう」

二紫名は私に向かってそう言いながら、もう用はないといった具合に、真白さんの体を遠ざけた。

——な、なんだ。道具を捜していたのか。二紫名のやつ、紛らわしいんだから。なんて思いながらも、その様子にちょっとホッとする私がいた。

「真白、この鈴は青年とやらにつけられたものだな？」

いきなりのことに事態を呑み込めていない真白さんは、目を何度も瞬かせる。

「え……ええ」

「禍々《まがまが》しい。かなりの力が込められていることがわかる」

そう言われてみると、二紫名の手の中の鈴は、たしかに異様な空気を纏《まと》っていた。猫の姿の時はまったくなにも感じなかったのに、真白さんの体から離れたそれには、どろどろとした嫌なヘドロのようなものがこびり付いて見える。部屋の隅に座ったままのあおとみどりも、身を寄せ合って震えている。

「そ、その鈴にみんなの記憶が封じ込められているの？」

恐る恐る、鈴を指さす。できればあまり視界に入れたくはない。ずっと見ていたら記憶だけではなく魂まで吸い寄せられそうな気がするからだ。

「いや――……そうだな、この際だから説明しておくか」

二紫名はそう呟くと、私に向き直った。

「いいか八重子、お前が失くした記憶はどこにあった？」

「えっ？　ええっと……『記憶の道』にあった……よね？」

「では、その記憶の道を管理しているのは？」

「管理……？　ゆ、縁さま？」

鈴とそのことがどう関係しているというのか。イマイチ要領を得ない質問に首を傾げるばかりだが、二紫名はそんなことを気にかける素振りもなく言葉を続ける。

「そうだ。そもそも記憶というものは、本来、亡くなった時に体から分離され箱化し、その土地土地の神の元へ送られる仕組みになっている。送られてきた記憶を、神が記憶の道を使って管理をする。……まぁ、たまに縁さまのように、生きた人間の記憶を盗ってしまう神もいるが……理屈は同じことだ。どちらにせよ記憶の道に保管されるということに変わりない」

「ん？　じゃあこの鈴には……」

「ああ。記憶を盗ることはできても封じ込めておくことはできない」

「え、待ってよ！　それじゃあみんなの記憶はどこにいったの？　もしかして、真白さんを操っていた青年……が持って行ってしまったんじゃ──」

──そんなのってない。ここまできて、みんなの記憶がありませんだなんて、あんまりじゃないか。てっちゃん、駄菓子屋のおばあちゃん、小町、そして縁さま。みんなの顔が浮かんできて胸が苦しくなった。

「いや……その可能性はないだろう。青年とやらは神ではない。どんなに力があろうが、妖に記憶の道は作れないからな」

「なんで神様じゃないってわかるの？」

「神は、自由のきかない身。祀《まつ》られている神社の外に出ることはできないのだ。真白が青年と会ったのは神社の外。とするなら、妖でしかありえないだろう」

「でも……」

──じゃあ、一体どこへ？

力なく俯く私の背中を二紫名が優しく叩いた。

「……一つ、可能性があるにはある」

「えっ……！」

囁《ささや》き声にパッと顔を上げる。二紫名の口元には、いつもの不敵な笑みが浮かんでいた。

「青年の狙いは縁さまの力を奪うことだ。つまり、記憶そのものには興味はないはず。『記憶を盗られた』という状況を作り出し、住民の信仰心をなくすことさえできればよかったのではないか？」

「どういうこと……？」

「記憶は青年の元へいったのではない。一時的に隠されているのだ」

「隠すって……そんなこと可能なの？」

「ああ。神に近しい力のある者になら、一時的に記憶を封じ込めることができるとされている。我々はそれを『仮宿主《かりやどぬし》』と呼んでいるのだ。ただし、そこには問題もある。力のある者なのだから、当然、他人の記憶を入れたらすぐに気づかれてしまうのだ。うまく隠すためには、その者の心に迷いがあり、思考が混沌としている必要がある。そんな条件が揃う者がいるのか、という話になってくるのだが――」

二紫名はそこまで言うと、ふと口を閉ざした。そんな者に心当たりはない、といった顔をしている。今度は私が不敵に笑う番だった。心当たりなら、一人だけいる。

「それ、昴だよ！」

突然叫んだので、あの二紫名が驚き目を見開いた。ややあって、困惑気味に口を開く。

「昴くん……だと？　確かに神に近しい存在ではあるが……」

「力がない、でしょ？」

二紫名が言いたいことはわかっていた。昴には力がない。それは昴自身が言っていたことだから、本当なのだろう。力がないということは、「仮宿主」の条件からは外れてしまう。でも——。

「昴は今、進路に悩んでる。心に迷いがあって混沌としているっていう意味では、昴ほど適合者はいないと思うんだよね。他に心当たりがあるわけでもないし……一か八か、その可能性に賭けてみようよ」

二紫名はしばらく考え込むと、小さく「なるほどな」と零した。

「了承した。八重子は一度言い出したら聞かないからな」

「な、なにそれ！」

「褒めているのだ。……では、方向性が決まったところで」

そう言うや否や、二紫名は持っていた鈴を両手で握りしめた。妖の力を込めているのか、手の中の鈴からミシミシと嫌な音がする。二紫名の束ねた長い髪が逆立って、宙にふわりと浮いて——。

——パリン。

ひと際大きな音がしたかと思うと、二紫名はホッと息を吐き、手を開いた。粉々になった鈴の欠片から、さっき感じたモヤモヤとした異様な空気が煙のように立ち昇っていく。

それらが落ち着いた頃合いを見て、二紫名は真白さんを振り返った。

「真白。これでお前にかかっているという呪いは消えただろう。もう体の自由は利くはずだ」

「えっ……」

「それに、猫又の里のことなら心配ない。里を一つ消したりしたら、それこそ妖界で戦争が始まりかねない大事だ。いくらあいつでも、縁さまお一人の力のためだけにそのようなことはできまい。お前を拘束するためについた、ていのいい嘘なのだろう」

「う……そ……」

真白さんは呆然としていたが、自身の両手を見つめ、ホッとしたかのように頬を緩めた。私と二紫名を交互に見つめ、口を開く。

「あの、私──」

「ただし──」

二紫名は真白さんの言葉を遮り、鋭い目つきで彼女を睨むと、こう言い放った。

「真白、お前をこのまま里に帰すわけにはいかない。どんな理由にせよ、記憶を盗り、縁さまの力を弱めた責任はとってもらう」

そのあまりの冷たさに、真白さんの顔がサッと青くなる。あまりに悲愴な顔つきに、なんだか不憫《ふびん》になる。

「ねぇ、二紫名……真白さんもわかってやったわけじゃないんだから……。ほら、青年に騙されていたわけだし」

だから許してあげてもいいんじゃない？　と言おうとしたら、二紫名に大きなため息をつかれてしまった。

「呑気なものだな。真白は八重子の記憶も盗ろうとしていたのだぞ」

「え……？　それは二紫名が私をおとりにしたからでしょう？」

「ちがう。神社で人形の時に、だ」

──あ。二紫名の言葉で思い出す。そういえば、猫を捜そうと決めたあの雨の日、真白さんに不意に近づかれたっけ。あの時感じた不思議な雰囲気は、私の記憶を盗ろうとしていたからなんだ。

「あ、あれは……これ以上八重子さんに動かれたら困ると、青年の声がして……！」

「言い訳はもういい。お前の言うことをそのまま信じることはできない」

「そんな……く、クロウさま──」

真白さんは急ぎクロウを振り返った。その瞳からは今にも涙が零れ出てきそうだ。

クロウはそんな真白さんから目を背けると、

「……悪いけど、俺もあんたは信用できねぇ」

と言って、それきり黙ってしまった。

「そ、そ……んな……」

「処分をどうするかは、縁さまに決めてもらう。それまではここ鈴ノ守から一歩たりとも出るなよ」

二紫名は畳の上で項垂《うなだ》れる真白さんを残し、部屋の戸を開けた。途端に冷たい空気が入り込み、今が真冬だということを思い出す。

クロウは二紫名の後を追う。あおとみどりも、真白さんを気にしながらも、それに続いた。私は——。

「ま、しろさん……」

彼女をどうしても見捨てることなんかできない。おずおず話しかけると、真白さんは藁《わら》にも縋《すが》るような顔つきで私を見上げた。

「あの……二紫名ってああ見えても優しいところがあるんですよ。だからきっと、なにか考えてのことだと思うので……えっと、記憶を取り戻して全部解決したら、里にも帰れると思うんです。だから……あの……」

「どうか元気を出してください」なんて、今の真白さんには到底言えるものではない。なんて言うのがいいか考えあぐねていると、真白さんのか細い声が聞こえてきた。

「……八重子さん。ありがとうございます」

真白さんは深々と頭を下げた。小さな肩が小刻みに震えている。

——やっぱり私には、真白さんが悪い人には見えない。彼女の言っていたことを信じたい、と思う。でも、だからといって、私の力だけじゃ真白さんを自由にできないのもわかっている。二紫名たちを説得するためにもまずは、記憶を取り戻さなければ。

私は頭を下げ続けている真白さんに向かって一礼を返し、そっと部屋を後にした。

＊＊＊

雲一つない、快晴。太陽の光が心の内をじんわり温めていく。こういう時、人間には太陽が必要なのだということを痛感する。さまざまなしがらみから解き放たれていくように、久しぶりに体全体が呼吸をしている感覚がするのだ。

水たまりが光を乱反射して輝いている。鳥たちが青空を散歩している。平和な日常にしか見えないこの世界に隠れた、異変。早く本当の日常を取り戻してあげたい。

不自然なくらいに凪《な》いだ空は、これから始まるなにかを予感させた。果たして、この判断が吉と出るか凶と出るか、結末は神ですらわからない。

「——話って？」

隣を歩く昴が、怪訝《けげん》そうな顔でそう訊いた。「話がある」と昴だけを誘い出したのはいいが、どう切り出したらいいかわからずに、私たちは無言で学校からの帰り道を歩いていた。だいたい、なんて言えばいいのか。昴の中にみんなの記憶が隠れているかもしれないんだ、なんて簡単に話せるものではない。けれどもこれは昴の問題でもあるのだから、しっかり伝えなくてはならない。意を決して口を開く。

「えっと……あのね――！」

「やっちゃんが俺に相談なんて、よっぽど深刻なことなんやよね。考えてみたら、やっちゃんだってこっちに来てまだ一年も経ってないんに、進路調査なんて困るよね。それなのに俺……自分のことばっかりで。うまく答えられるかわからんけど、なんでも言ってや」

「え！　そ、そうだね……」

子犬のように純粋な瞳で見つめられて、思わず言葉を呑み込んでしまった。気づけば私たちは商店街を抜け、田んぼ道を通り過ぎ、昴の家でもある鈴ノ守神社に差し掛かろうとしていた。このままではなにも言えずにサヨナラする羽目になってしまう。そう思った矢先――。

「おかえりなさい、昴くん」

目の前に突如として現れた薄紫の着物。二紫名が神社の前で私たちの帰りを待ち構えていた。よそ行きのいい笑顔で、昴の帰りを歓迎している。

「あ、西名さん。こんにちは」

笑顔で挨拶を返す昴に、二紫名は無言のままその白い腕を昴の顔面めがけてにゅっと伸ばした。突然頭を覆われた昴は、当然混乱して「うえっ!?」と声を上げる。しかし二紫名は手を離さない。

「……すみません、しばらく眠っていてもらいますよ」

そう口にした途端、昴の体が、糸の切れたマリオネットのように膝から崩れ落ちた。それを二紫名が背中に手を回し、倒れないように支える。二紫名の腕の中の昴はすやすや寝息を立てていた。

「に、しな……?」

「阿呆。なにも馬鹿正直に言う必要はないだろう」

横目で私をちらりと見る。完全に私を馬鹿にしている目だ。

「なっ！　力を使うなら最初からそう言ってよね！」

「しっ……ここは人目に付く。きゃんきゃん喚いてないで早く拝殿へ運ぶぞ」

「っ……！」

昴を背負う二紫名の背中を睨みつける。この狐《きつね》には一生敵わないのではないか。そう思うと悔しくて、いつか絶対弱みを握ってやる、と心に決めたのだった。

「久しぶりだね、昴」

縁さまは床に寝転ぶ昴を見下ろし、そっと静かに微笑んだ。不安や悲しみや怒りなんかを全部ごちゃ混ぜにしたかのような、どことなく含みのある笑みに胸がざわつく。昴のことを縁さまに訊いた時の、あの不穏な空気を思い出した。

あの時、「わけあって」と縁さまは言っていた。もしかしたら私が考えるより相当根深い「わけ」があるのかもしれない。

「――さて。事情はこの前二紫名から聞いた通りだね。昴のなかに人々の記憶があるのではないか……と。それを確かめるためには、昴のなか……つまり、昴の記憶に直接入るしか方法はない。いい？　他人の記憶に入るのはとても危険なんだ。前回のように、僕が管理する『記憶の道』に入り、そこに置いてあった『記憶の箱』を手に取るだけとはわけが違う」

縁さまは、名残惜しそうに昴から視線を逸らすと、今度は挑むような目つきで私をまっすぐ見つめた。「それでもやってくれるね？」そう言っている気がする。

陽の光が入らない拝殿は、寒々しい。そのせいなのか、はたまた緊張のせいなのか、カタカタ震える体を両腕で優しく包む。

――そんなの、私の答えは最初から決まっている。

「行きます」

「危険」と言われたら不安だし恐ろしい。だけど、私の大切な人々の大切なものの記憶が大切な友達の中に入ってしまったというんだから、私がやらないでどうするというのか。

私の力強い返答に縁さまは満足そうに頷いた。

「ありがとう。八重子ならそう言ってくれるって思っていたよ。『仮宿主』に記憶を封印する方法は少々特殊なんだ。膨大な数の記憶のどこかに、人々の盗られた記憶が紐づけられていると考えてほしい」

「つまり……みんなの記憶がある場所から探さなきゃいけないんですね」

「うん、そういうこと」

縁さまは一瞬笑みを浮かべたが、またすぐに緊張した面持ちに戻った。

「だけど気をつけて。……『仮宿主』の条件は聞いたよね？」

「はい。思考が混沌としているって……」

「そう、記憶の中でもとりわけ嫌な記憶……混沌の原因になった記憶が前面に出てくることになるだろう。その中を渡り歩かなきゃいけないから、なにが起きるかはわからない。二紫名と共に行動し、困ったことがあったら彼を頼るんだよ。前回同様、長居すると帰れなくなるからしないこと、それに加えて、昴以外の人についていかないこと、記憶の中の昴とは会話しないこと。この三つを必ず守ってほしい」

いいね？　と念を押す縁さま。その姿から、今回が前回よりも大変な任務だということがわかる。

長居すると帰れなくなる、というのは前回ので嫌というほど思い知らされていた。記憶の中の祖母との会話はとても心地よくて、こちらの世界のことを忘れて、このままずっと一緒にいられたらいいのにと思うほどだった。あの時、二紫名が声をかけてくれなかったらどうなっていたのか。考えただけでも恐ろしい。

今回は昴の記憶なわけだから、心地よくて……ということはなさそうだけど、それよりも問題は——。

「縁さま。みんなの記憶がある場所から捜さなくちゃいけないって話だったじゃないですか。でもそれだと時間がかかりませんか？」

長居してはいけない。それが記憶の中に入る際のルールだ。だとしたら、膨大な数の記憶を一つ一つ確認している暇はない。捜すためのなにかヒントがあるといいんだけど。

「——大切な記憶だと思います」

私たちが考え込んでいると、後ろから声が聞こえてきた。チリン、という鈴の音はもう聞こえてこないものの、その声は真白さんに違いなかった。縁さまの側で静かにひざまずく二紫名が、咄嗟に立ち上がる。

「真白さん……！」

「真白、なにをしに来た」

案の定、真白さんが拝殿の石段を上ってこちらにやって来るところだった。強張った表情のまま、私や二紫名のことはまるで目に入っていないようで、縁さまだけをまっすぐ見据えていた。

「やぁ、この姿では初めましてだね。真白、といったかな」

警戒する二紫名とは打って変わって、縁さまはとても穏やかに言葉を紡いだ。まるで、彼女がやって来ることがわかっていたみたいだ。

「……ご挨拶が遅くなりすみません。私は猫又の里から来ました、真白と申します」

「それで？　さっき言っていたのはどういうこと？」

にこりと微笑む縁さまに、真白さんはポッと頬を赤らめた。縁さまの笑顔は、どんな状況、どんな人でも、関係なしに影響を及ぼす。私もその笑顔に何度押し切られたことか。

「……と、盗った記憶は、仮宿主の大切な記憶に紐づいていると思うのです」

「なんでそう思うの？」

「それは……」

真白さんは、ここにきて初めて私と二紫名をチラッと見ると、続く言葉を言い淀む。先日の出来事を気にしているのだろう。それを察した縁さまが優しい微笑みで続きを促し、おずおずと口を開いた。

「……私がそこにいる少年の記憶を盗ろうとした時のことです。いつもなら、ただ戯れるだけでその者の大切なものの記憶が鈴の中に吸い込まれていくのに、彼の記憶だけはいつまで経っても盗ることはできませんでした。彼の大切な記憶は、固く頑丈に閉ざされているようで……。おそらく、彼自身の手によって箱化……つまり、自身の内に封印してしまったのではないでしょうか」

話し続ける真白さんの横顔を見て、私はあることを思い出していた。そういえば、昴は記憶を失くしていないと言っていた。あの時はなぜ彼の記憶だけ盗られなかったのか不思議だったけど……彼の記憶は盗られなかったのではなく、盗ることができなかったというわけか。

それにしては、謎が残る。力のない昴が、記憶を封印するなんてことができるのだろうか。

「なるほどね。記憶の箱になら紐づきやすい……か」

けれども縁さまはなんの疑問も抱いていないようだった。寂しそうに呟くと、「八重子」と小さな声で私を呼んだ。

「昴の封印された『大切な記憶』を探してほしい。大丈夫、箱化されているから、きっとすぐにわかるはず。探して……そしてその記憶の封印を解けば、紐づけられた人々の記憶も解き放たれてそれぞれ持ち主の元へ戻るはずだよ」

なぜだか縁さまが、今日は本当の子どものように見える。母親とはぐれてしまって途方に暮れる、小さな子。今にも泣きだしそうなのに、それをグッと堪《こら》えている、そんな健気な様子に、その華奢な身体を抱きしめてあげたくなった。

「縁さま……」

「ん？　なぁに？」

「あの……大丈夫ですか？」

余計なお世話だとわかっていても、訊かずにはいられなかった。私の問いかけに、縁さまは驚いて目を瞬かせると、

「僕もそろそろ覚悟を決めないといけないと思っていたところだから」

と言って、小さく笑った。

「覚悟……」

「僕のことはいいんだよ。それよりも、急がなきゃ。早くしないと夜になっちゃうよ。早速昴の記憶へ入る道を創ってあげるから、ついておいで」

縁さまは不意に立ち上がると、境内の方へ消えていった。


拝殿にいたからわからなかったが、いつの間にか日は落ちていて、辺りはピンクと紫が入り混じったような幻想的な光景が広がっていた。そんな空の下、真っ赤な鳥居だけがくっきりと浮かび上がって存在を主張している。

縁さまは鳥居の下に佇んでいた。足元には記憶へ入る道を創る神力を創り出すための道具である、ビー玉とオルゴールと指輪が三角形になるように置かれている。あの時と同じ

だ。心臓が静かに脈打つ。

二紫名が背負っていた昴を、その三角形の中心にそっと寝かせた。

「よし、これで準備はできたね。ほら、八重子。それから二紫名」

縁さまの合図で、私たちは昴の隣へと歩を進める。三角形の中に入ったその時、ひどく嫌な予感がした。頭のてっぺんから足の先まで、ゾワゾワとしたものが駆け巡る。まるでナメクジが這っているような——。

「な、なんか気持ち悪い……」

「そりゃあ今回は他人の記憶に入るわけだからね。八重子なら大丈夫だと思ったけど……うーん、まだちょっと早かったかな」

——「まだ」ってなに？

そんな疑問が生まれるも、縁さまはもう私に注目していなかったので訊くことができなかった。彼は鳥居の横に生える大きな木の幹をじっと見つめ、

「クロウ、あお、みどり」

と突然声を発したのだ。

途端に木の陰からひょこひょこと三つの影が飛び出した。そんなところに隠れていたなんて。

三人は悪戯《いたずら》がバレた子どもみたいに、そわそわ目玉を動かした。

「八重子のことが心配で隠れて見ていたんだね？　丁度よかった。今回は君たちにも協力してもらうよ」

縁さまの言葉に三人はパァッと顔を輝かせた。

「あおも行っていいのー？」

「みどりもー？」

「ふふ、残念ながら、あおとみどりはこちら側で僕の手伝いをしてもらうよ。記憶の道とは違って人の記憶に直接入るのは不安定だからね。クロウは彼らと一緒に入ってくれるかな」

「えー？」

「えー！」

「まぁ、そりゃあそうだろうよ！　俺が行かないとかありえないよな！」

思い切り頬を膨らませるあおとみどり。一方クロウは、さっきまでのしょんぼり具合はどこへやら、勢いよくこちら側に飛び移ってきた。三角形の中はぎゅうぎゅうだ。

「じゃあ二人とも、八重子をしっかり守って――」

「お待ちください！」

縁さまが手を合わせた、その時。真白さんが駆け寄ってきて、同じく三角形の中に飛び込んできた。

みんなが混乱する中、真白さんは地面に膝をつき、縁さまに向かって深く頭を下げた。揃えた両手の震えが、彼女の覚悟と緊張を表していた。

「縁さま……どうかこの私もご一緒させてください」

――真白さんが、一緒に？

彼女の突然の申し入れに、驚いたのは私だけではなかった。

「はぁ!? なに言ってんだよ、お前。そんなの、駄目に決まってるだろ！」

特にクロウは、真白さんの着物を引っ張り、三角形の外に追い出そうとした。だけど――。

「クロウ、手を離して」

縁さまのそんな一言が飛んできて、渋々真白さんから手を離した。クロウは信じられないといった表情で縁さまを見つめる。

「縁!?」

「まぁいいじゃない。彼女にもついていってもらおう。きっと君たちの助けになってくれるから」

「でも――！」

「真白、君はとても後悔しているね。君の目を見ればよくわかるよ。僕は君を信じたいと思う。ね、みんなはどう思う？」

縁さまは小首を傾げてクロウたちに目をやった。みんなが自分の意見に反対しないことをわかっているような、悪戯っぽい笑みをたたえて。

案の定、一番に声を上げたクロウも「縁がそう言うなら……」と口を閉ざした。ただ、完全には納得していないようで、唇を尖らせたまま、真白さんの目を見ようとはしない。

「ふふ……決まりだね。さぁみんな、目を閉じて、じっとして。今回は再現する必要がないからね。――このまま飛ばすよ」

縁さまはそういうや否や、両手を胸の位置で合わせ、なにかを唱えだした。慌てて目を閉じたその瞬間、強い風が私たちを包む。

竜巻に呑み込まれたのかと思うくらいの轟音《ごうおん》。髪も服も、すべてがはぎ取られてしまいそうな風圧。周りがどんな様子になっているか確認できないが、ただならぬことが起こっていることだけはわかる。

一人では立っていられなくて、隣の二紫名の腕を咄嗟に掴む。すると彼は、そんな私の手を取ると、強く握り返してきた。冷たい二紫名の手が今は心地いい。

「心配するな。なにがあっても守ってやる」

二紫名がそう言ったような気がしたが、空耳かもしれない。――空耳でもいい。

きっと今回も大丈夫だよね。心の中でそう呟き、私は意識を手放した。

伍　あの日の約束

——寒い。

ヒヤリと冷たい風が、私の頬をなぞる。恐る恐る目を開けるが、そこにはなにもない。自分の手足の輪郭もわからないくらい、暗闇が広がるばかりだった。

ピチョン、ピチョンと、そこら中で水滴が落ちる音がする。手に触れる地面はほのかに湿っていて、体重をかけると水分がじわりと染み出す。とてもじゃないけど居心地がいいとは言えない。記憶の道とは全然違う。

あの温かな空間は、縁さまの管理の賜物だったわけか。……いや、それだけじゃない。「仮宿主」の条件である、「思考が混沌としている」というのが、ここの環境にも作用しているのだろう。これが、昴のなか……。

ゆっくり立ち上がる。びしょ濡れだと思っていた服は、案外どこも濡れていなかった。それよりも、立ったことによって普段より体が重く感じることの方が気になる。まるで背中に誰かが乗っているみたいに重苦しく、ただ立っているのもやっとなのだ。

「み、みんなー……いないの？」

声をかけるが、規則的に水滴の音がするばかりで返事はない。辺りを見回しても、当然だがなにも見えない。その上、行くべき場所の目印もない。

「……みんなぁ」

どうしよう、独りぼっちだ。急に不安になり、情けない声が出た。

「真白さーん……クロウー、いないのー？　二紫名ー……」

――守るって言ったじゃない。嘘つき、と心の中で呟《つぶや》く。

その声はウワンウワンと反響して自分の耳に戻ってくる。反響する、ということは、どこかに壁――つまり、この空間の端があるということだ。この闇が永遠ではないとわかっただけでもホッとする。

このままじっとしているわけにもいかないので、縁さまの「すぐにわかるはず」の言葉を信じ、意を決して鉛のように重たい足を動かした。

しばらく歩いていたら、目が慣れたのか、僅かに身の回りが見えてきた。地面は所々ぬかるんでいて、歩く度にぬちゃ、と嫌な音がする。相変わらず周りには物体らしい物体はない。

おかしいな。私の想像では勝手に記憶たちが現れるはずだったんだけど。このままずっと、私一人で彷徨《さまよ》うことになったらどうしよう……。

「だ、だいたい、縁さまがちゃんとコントロールしてくれればこんなことにならなかったのに。なんでいっつも私一人なのさ！」

恐怖心を紛らわせるために、わざと大声で恨み言を吐く。大げさに足を動かして地面を踏みしめる。私はここにいるよという精一杯のアピールのつもりだった。しかし――。

「へぁっ!?」

――そのアピールは裏目に出たようで、力強く踏み出した右足は、ぬかるみにとられてしまった。抜こうと力を入れたのだが……――抜けない。それどころか、足はどんどん地面に吸い込まれ、沈み込んでいく。

「な、な、な、なにこれなにこれ！」

頭の中はパニックだ。もっと慎重に歩くべきだった、私っていっつもこう。……なんて反省している場合じゃなくって！

いつの間にか右足は、膝のところまでずっぷり嵌ってしまっていた。ヌメヌメしたものが纏《まと》わりついて離れない。

――嫌だ、こんなところで死にたくない！

「八重子」

じたばた必死にもがく腕を何者かが掴んだ。途端に上へと引っ張られ、私の足はいとも簡単にぬかるみから抜け出した。

「――って、二紫名！」

「意識をしっかり持て。そんなことでは『混沌』に呑み込まれるぞ」

私の腕を掴んでいたのは二紫名だった。さっきまでは確かにいなかったはずなのに。衝撃で、助けてもらったことなどすっかり吹き飛んでしまった。

「え……い、今までどこにいたの!?　めちゃくちゃ捜したんだよ？」

「なにを言っているのだ。俺たちはずっとここにいた」

いやいや、「なにを言っているのだ」はこっちのセリフですが。だってあんなに叫んだのに返事がなかったのだ。それに、俺たち、、、ちって……？

よく目を凝らしてみると、二紫名の後ろに微かに輪郭が浮かび上がってきた。それはどんどん人の形を成して――。

「――真白さん？　クロウ……？」

「八重子、やっと気づいたか」

「八重子さん、大丈夫ですか？」

浮き出てきた人物は真白さんとクロウだった。二人とも二紫名の後ろから心配そうにこっちを覗き込んでいる。私は信じられない光景に何度も目を擦った。

「急に出てくるなんて……あ、これも妖《あやかし》の力？」

「阿呆《あほう》。だからずっとここにいたと言っているだろう」

「だ、だってだって！」

「ここは仮宿主の思考が顕著に表れているのです。自分の意識をしっかり持っていないと、その深い闇に取り込まれて真実が見えなくなりますよ」

そう言ったのは真白さんだった。こっちに駆け寄り、着物の袂《たもと》からなにかを取り出すと、私の両手にそっと握らせた。手のひらを開くと、鈴ノ守神社でも見かけるような御守りが出てきた。真っ白な布地でできたそれは、表面になにも文字がない。けれども手の中にあるだけで、不思議と力が湧いてくる気がする。

「……猫又の里で作っている御守りです。それを持っていれば意識を保てるでしょう。そこまでの力はないので気休めかもしれませんが……」

その言葉に反応したのはクロウだった。眉間に皺を寄せて真白さんに詰め寄る。

「おい、真白。お前また記憶を盗《と》ろうってんじゃないだろうな！」

「そんな！　違います。私は本当に――」

「ストップ！」

私の大声に、二人の動きが止まった。まったく、こんな言い争いをしている場合じゃないっていうのに。

「あのね、クロウ、喧嘩は後でやってくれるかな。急がなきゃってこと、縁さま言っていたでしょう？」

「でも八重子！」

「それから真白さん……この御守り、温かいです。不安な気持ちを全部吸い込んでくれているみたい。ありがとうございます」

　クロウは御守りと真白さんを交互に見て小さく舌打ちをすると「……かったよ」と呟いた。フイッと顔を逸らし、再び彼女と距離をとる。真白さんはそんなクロウの背中を寂しそうに見つめていたが、私の視線に気が付いて困ったように微笑んだ。

「いえ、いいんです。それより、どうですか？　集中して辺りを見たら、さっきと違う景色が見えませんか？」

　真白さんにそう言われて改めて周りをよく見てみた。すると、霧が晴れるように視界が開けてくる。あれだけどこを見ても一面闇が広がっていたのに、実はいろいろなものが存在していたことがわかったのだ。

　足元は幅二、三メートルの道になっていて、どうやら私は奇跡的にもこの道をまっすぐ進んでいたことになる。道の両端には壁の代わりにモヤモヤとした巨大な塊が並び、それはたくさんの色を塗り重ねたような不快な色合いをして渦巻いていた。

「――それが昴くんの記憶だ」

　私の視線に気づいたのか、二紫名が答えた。

「これが……この一つ一つが？」

わけか。
「そうだ。この塊に入れば、昴くんの記憶を体験できるだろう」
――体験……。私の記憶の時のように、昴の思い出をこの目で見ることができるという
「ちょっと待って。もしかしてここに入らないと……――」
「ああ、紐づけられているとされる『人々の記憶』を解放することもできない」
「でもでも！　紐づけられているのは昴の大切な記憶になんでしょう？　箱化されている
から、きっとすぐにわかるはずって縁さま言っていたよね？」
目に見える範囲にずらっと並ぶ、巨大な塊。箱なんてものは見当たらない。この塊一つ
一つに順番に入っていくなんて、果てしなくて途方に暮れる。
「『記憶の箱』とはいえ、封印されているのだ。そう易々と見つかるわけがない。恐らく、
どこかの記憶の中に隠されているのだろう」
「そんなぁ……」
がっくりと肩を落としたその時、冷たい水滴が私の頬にポタリと落ちてきた。そのあま
りの冷たさに思わず「ひゃあ」と声が出る。
それは、頭上からゆっくりと、断続的に降り続いているようだった。さっきから聞こえ
ていた水音は、これだったんだ。ここは昴のなか。だとしたらこの水は……。
「だーーーっもう！　時間がねぇんだろ？　こんなところで眺めてたって始まらねー。と

りあえずどっかに入ってみようぜ。なにかわかるかもしれないだろ」

クロウが私の腕をグイッと引っ張り、近くにある一つの塊に片足を突っ込んだ。

「ち、ちょっと、クロウ！」

私は体勢を崩しながらも二紫名の着物を掴む。三人連なって塊の中に呑み込まれていく。

「お待ちください。わ、私も……！」

完全に体が入った瞬間、残された真白さんも勢いよく飛び込んでくるのが見えた。

あの禍々《まがまが》しい塊の中は、見た目通りやっぱりどんよりとしていた。胃の中のものすべて吐き出したくなるほどの、気持ち悪さ。眩暈《めまい》を起こしながらもなんとか深呼吸して、気持ちを落ち着かせる。

今回は二紫名もクロウも真白さんも、みんな近くにいるようで、それだけでも安心するには十分だった。

「この場所……」

はぁ、と息を吐き出してじっくりと周囲を観察する。

長い廊下。左手に並ぶ窓。右手のドアの上には「職員室」の文字。外からは野球部の掛け声が聞こえてくる。ここは――。

「学校……だ」

つい数時間前までいた、学校の廊下。その中でもここは職員室前だ。

しかし、私の知っている廊下とはちょっと違う。壁も床も天井も、どぎつい紫色で囲まれた空間。天井の蛍光灯は不規則にチカチカと点滅して、野球部の掛け声はスロー再生したかのように間延びしている。ちぐはぐな状況に寒気がして、ぶるりと身震いした。

そこへ、どこからか昴がやって来た。生気のない顔でふらふらと歩き、私たちの前を素通りすると、吸い込まれるように職員室に入っていく。

「ついていく……しかないよね？」

私の問いに二紫名が頷く。なんだか嫌な予感がするけど仕方ない。職員室のドアをそっと開ける。その途端、先生の声が耳に飛び込んできた。

『涼森。この空欄はどういうことや』

厳しい、問いただすような口調。昴は先生の前で肩をすぼめている。

これは……この記憶はあの時の……！

私にも覚えがあった。実際に一部始終を見たわけではないが、このやりとりはきっと、昴の進路希望調査票を拾った時のものだろう。あの時……私とぶつかる前の昴の姿。

目の前の昴が心配だけど、じっと見守るしかない。

『お前は鈴ノ守神社を継ぐんやろ？　なんでそれを書かんのや』

『…………』

『おい涼森ィ。黙っとってもわからんぞ？　言いたいことがあるならハッキリ言わんか。男やろ』

先生が鼻で笑いながら昴の肩を小突いた。この先生って前からそうだ。人の気持ちを考えない、無神経な感じ。腹を立てる私をよそに、昴はきゅっと唇を噛んで先生を見据えた。

『お、俺……神社は継ぎません』

――言った！

よく言ったぞ！　とこっそり歓声を上げたのもつかの間、先生は宇宙人と対峙したかのような顔をして信じられない言葉を放った。

『おいおいおい、なに言っとるんや。あんな立派な神社があって継がん、なんてことあるわけないやろう？　あんまりワガママ言って親父さんを困らせたら駄目やぞ。な、涼森、お前は賢い。ちゃあんと、どうすべきかわかってるって、先生信じとるからな』

最後は子どもに語りかけるみたいに優しい笑顔を作ると、猫なで声を出した。「な？な？」と何度も執拗に繰り返す。

「…………っ!?」

その言葉を聞いた瞬間、私は、体の内側になにか得体のしれないものが生まれたのを感じた。それは燃えたぎるように熱くなり、体中を駆けずり回る。

――気持ち悪い！　なんだろう、この感じ。もしかして、昴の気持ちとリンクしている

――？

そう思った矢先、昴の背中から黒いドロドロとしたものが溢《あふ》れ出した。

「ひっ……」

見ただけで、それに触れてはいけないと一瞬でわかるほどの禍々しさ。吐きそうになり、口元を手で押さえた。

それは背筋を伝い、床まで辿り着くと、ゆっくり広がっていって――あっという間に先生の体を覆ってしまった。

昴は無言で立ち上がった。そして、真っ黒になった先生の制止を振り切り、勢いよく職員室を飛び出す。

「追わなきゃ！」

彼の後を追うように、私たちも慌てて職員室を出た。背後から先生の『おい待て！　まだ話は終わっとらんぞ！』という声が聞こえてくる。

職員室を出た先は、当然廊下のはずだった。しかし――。

「うえっ、なんだぁ？」

「まぁ……！」

「え？　ここって……――商店街!?」

私たちが次に目にしたものは、見慣れた街並みだった。しかしやっぱり私の知っている商店街とはちょっと違う。どの店を見ても形や大きさが歪《いびつ》で不恰好。まっすぐ伸びていたはずの道は、ありえない起伏を繰り返し、ぐにゃりと曲がりくねってしまっている。またしても街灯はどれもチカチカ点滅し、血のように真っ赤に染まった空が、気味の悪さに拍車をかけている。

あっけにとられる中、私たちの脇をすり抜けるようにして、昴が道の真ん中を歩いていった。そんな昴の周りを囲むように、顔のない人が次々に現れる。

『涼森さんちの昴くん……神社を継がんのやって』

『あらぁ、なんでかねぇ、勿体ない』

『あんな立派な神社があるっていうのにねぇ、なにが不満なんだか』

『昴くんが継がんのやったら、誰が私たちと神様をつなげてくれるんかね』

『反抗期ってやつじゃないん？　すぐにわかってくれるわいね』

ひそひそひそ。たくさんの噂話がもくもくと雲のように噴きだして、文字通り昴の体に押し寄せていく。

「うっ……」

──まただ。私が私じゃないみたいに、体の内が、頭のてっぺんが熱い。喉の奥がきゅうっと詰まったような感じがして苦しい。

『なんで？　なんでみんな勝手なことを言うんや』

空気が唸る。どこからか昴の声が聞こえてくる。胸が、痛い。

『俺だって本当は継ぎたい……継ぎたいよ』

『でも視《み》えんのやって。神様のことが視えんのや』

『どうして俺だけ……』

『父さんもじいちゃんも、みんなみんな視えとったのに、どうして!』

『落ちこぼれの俺は宮司になんてなれん、そうやろ?』

『父さんも先生もみんなも言いたい放題言って……もう俺を放っておいて』

たくさんの声が重なって耳に届く。昴が……昴が叫んでいる。

けれども二紫名やクロウを見てもなんの反応も示さない。もしかして、私にだけ聞こえているのかもしれない。

徐々に身動きがとれなくなった昴は、なにかを思い出したように、ふと立ち止まった。

「…………!」

さっきの「黒いドロドロ」が昴の背中から溢れ出す。それは地面を伝い、周囲の人々を呑み込んでいく。真っ黒になった人々は、呻きながら溶けるようにして一人、また一人と消えていった。

「ねぇ二紫名。さっきから気になっていたんだけど……アレってなんなの? まさか現実世界でもこんな出来事があったとは思えないし……」

私は二紫名を横目で見ながら、昴から発生した謎の黒いドロドロを指さす。

現実世界でこんなことがあったら大事件も大事件だ。きっと、この世界の色合いや形がちぐはぐなのと関係しているのだろう。

「あれは昴くんの不快、恐怖、戸惑いや怒りといった感情が混ざって具現化したものだろう」

――昴の感情。あのドロドロとした気持ちの悪いものが……。

「……なんか……なんかさ……すごく嫌な記憶だね」

ポツリと零した私の頭を、二紫名が優しく叩く。

さっきの記憶も、今回の記憶も、昴が辛い想いをしているのが伝わってくる。

――知らなかった。「神社を継がない」と決めた昴に、周囲の人からそんな視線が向けられていたことを。地域の神社を存続させることが、そこに住む人々にとってどれほど大事かということを。そして、それをわかっていても尚、決意した昴の覚悟を。

知らなかったよ。知っていても、私にどうにかできるものではないけど、でも胸が痛いよ……。

「危ないっ！」

――と、その時。

真白さんの声が聞こえたと思ったら、隣に立つ二紫名に、腕を思いがけない方向に引っ張られた。つんのめった私はそのまま地面に転がる。なに！　なにが起こったの？

「二紫名……？　真白さん……？」

「八重子さん、そのまま聞いてください……っ」

二紫名の陰から前を見ると、真白さんがこっちに背中を向けて立っていた。真白さんの着物が捲《めく》れ上がり、白い脚が露《あらわ》になる。その白い脚を、昴から出ている例の黒いドロドロが這いあがってきていた。

昴はもう、原形を留めてはいない。黒いドロドロに支配され、どちらが前か後ろかもわからない状態で、ただ立ち尽くしている。

「真白さん……！」

「ここはもう危険です！　仮宿主から溢れたものがこちらにまで侵食して危害を加えようとしています。きっと侵入者を排除しようとしているのだと思います。ここは私が引き受けるので、八重子さんたちは早く次の記憶に行ってください……！」

真白さんは苦しそうに顔を歪めてそう言った。ドロドロは彼女の喉元にまで迫っていた。それをなんとか力を使って押し戻そうとしている。

このままじゃ真白さんが――。

「真白さんも一緒に逃げましょう！」

彼女に向かって伸ばした腕は、けれども二紫名に阻まれてしまった。二紫名は私に対してゆっくり首を横に振る。なんで……!?

「このドロドロは思ったより粘着質なようです。すべて取り除くには存在ごと消さなくてはなりません。そうしている間に八重子さんに危害が加わらないとも限りませんし、そもそもこの世界には制限時間があることをお忘れですか？　早く仮宿主の『封印された大切な記憶』を探さないと、八重子さんは帰れなくなるのですよ」

「で……でも、真白さんを置いていけないです……！」

「私のことならお気になさらずに。元々、八重子さんに救っていただいたこの身。八重子さんのために使えるのなら、本望です」

真白さんは苦痛を感じさせないほど、ふわりと美しく笑った。花のような笑み、とはこういうのを言うんだろう。けれどもそんな犠牲って悲しすぎる。

「私……なにもしていません。私のためにそんなこと言わないでください」

こう言った私に、真白さんは目を伏せて首を横に振った。

「いいえ、助けていただきました。一度目はあの川で。私……みなさんに捕まる前に、この身を投げようと思っていたのです。許されないことをしたと、わかっていましたから」

「そんな……！　私そんなつもりじゃ――」

「二度目は社務所で。こんな私に優しい言葉をかけてくださいました。それがどんなに嬉しかったか……。どうか、ここでご恩を返させてください。お願いします……」

そんな……。真白さんの言い分は、とても納得のいくものではなかった。

彼女を置いてはいけない。そうこうしているうちに、黒いドロドロは真白さんの顔面にまで及んだ。時間はない。

「真白、おまえ、見直したわ。しゃーねーから怒ってたことは水に流してやる！」

その時突然、風が吹いた。風は周囲のものを巻き上げながら巨大な竜巻へと変化し、ドロドロの発生源である昴を呑み込む。すると、僅かながら、真白さんの体からドロドロが後退するのがわかった。

何事かと声のした方を見ると、クロウが手をかざし、次々と攻撃を仕掛けているところだった。クロウは私の視線に気づくと、不敵な笑みを浮かべた。

「ここは俺に任せて、八重子はそこの狐のお坊ちゃんと次の記憶に行きな」

「ク、クロウ……でも……！」

「ほら、なーにボサッとしてんだよ！　思い切りのいいのがいつもの八重子だろ！」

「クロウは……クロウはどうするの？」

「俺のことは心配いらねーよ。真白の力だけじゃ弱いみたいだし、俺がちゃっちゃとこの気持ち悪《わり》ぃもん片付けちまうからさ、終わったらどっかで合流しよーぜ」

本気なのか強がりなのか、クロウは笑顔のままそう言った。額からツウと汗を流し、「それに」と言葉を続ける。

「それに……──ほら、真白ってこう見えてドジじゃん？　階段ですっ転んだり……他にも箒《ほうき》を逆さまに持ったりもしたんだぜ、信じられねーだろ。だから……こいつ一人には任せられないっていうか……俺みたいな強いやつがついてないと駄目っていうか……。ま、こいつが記憶を盗るなんて大層なことしでかしたのも、元はと言えば俺が助けてやったからだし？　俺にも責任はあるんだよな」

──そうか。クロウが社務所で覇気がなくなった理由がわかった。今回のこと、クロウなりに責任を感じていたんだ。

「クロウさま──！」

「か、勘違いすんなよ！　別におまえに完璧に心許したわけじゃねーからな。こうした方が効率がいいと思ったからだ！」

目を潤ませる真白さんに、クロウは慌ててそう付け加えた。わざと怒ったように大声を出して……照れ隠しだってピンときた。なんだかんだ言って、真白さんのことが心配なんだね。

いつも口を開けば「八重子」「契り」としつこくて、あおやみどりと同レベルではしゃいだり、いちいち二紫名につっかかって面倒を起こしたり、やっかいなクロウ。そう思っていたけど、実際に自分のそばから離れていくのを感じると、勝手だけどちょっと寂しくもある。でもそれよりも一番に思うのは──。

「――わかった。クロウ、真白さんをよろしくね！」

「おうっ！　任せろ。八重子も記憶、みつけろよな」

クロウに向かって拳を突き出すと、クロウもそれに応えて拳を突き出してきた。私たちは互いの目を見てニィと笑い合う。

きっと、クロウに名前を付けた時から、私は親のような気持ちでいたんだと思う。だからこそ、真白さんを助けたいというクロウを見て、寂しいよりももっと、嬉しかったんだ。今のクロウなら安心して任せられるね。

「……二紫名、行こう」

私は、二紫名と共にその場を離れた。二人に必ずまた会えることを信じて。


――ぷはっ。塊から抜け出た瞬間、まるで水中から久しぶりに顔を出した時みたいに、酸素が肺に行き渡るのを感じた。最初にここに来た時はその居心地の悪さに震えたものだが、あの記憶の空間よりはマシということか。

振り向いて確認すると、塊はやっぱり「混沌」の名にふさわしく嫌な色をして浮かんでいる。さっきまでこの中にいたなんて……考えただけでゾッとする。

「ここにはなかったね、昴の封印された大切な記憶。一体どこにあるんだろう……」

塊は道の両側にまだまだたくさんある。昴の封印された大切な記憶がある、という目印でもあればいいのだけど……。

「よく見てみろ」

「え……」

「塊は同じような見た目をしているが、一つ一つ違うだろう」

二紫名にそう言われて改めてじっと観察する。確かに違うと言われれば違うような気もするけど、同じと言われれば同じな気もする。

「うーん……よくわからない」

「見た目だけの話をしているわけではない。なにか感じないか？」

——感じる？

試しに一つ隣の塊の前に立ってみた。見た目にはさほど違いはないが、さっきのような妙に嫌な感じはしない。私はハッとした。

「——もしかして、塊から感じる気持ちって、その中にある記憶とも関係があるのかな？」

「恐らくは」

「じゃあ簡単だね！　『大切な記憶』なんだから、うんと幸せな気持ちになる塊を探せばいいんだ！」

「……いや、そうとは限らな——……八重子!?」

私は二紫名の言葉を最後まで聞かずに走り出した。とにかく早く探さなきゃ、と焦っていたのかもしれない。この塊がどれくらい並んでいるかわからないが、一つ一つ手をかざしてそこから芽生える気持ちを感じ取っていく。

──これは駄目。これも駄目。嫌な感じ、気持ち悪い感じはしないが、とりわけ幸せな感じもしない。これだ！　というはっきりした確信が得られないのだ。でも、だからといって見過ごしていいのか。この塊の中に「大切な記憶」があったりしたら……そこまで考えてかぶりを振った。キリがない。直感を信じよう。

手をかざしながら進んでいると、ふと今までとは違う感覚がして、足を止めた。幸せな感じ……とはちょっと違うけど、なぜか妙に胸が高鳴る。この記憶を見ないと後悔するような気がする。……入ってみようか。かざした右手をもっと近づけてみる。ぷすり、と人差し指を入れてみたらやっぱり胸がざわついた。

とはいえ、危険な目にあった直後なのだ。さすがの私も無闇矢鱈《むやみやたら》と突っ込むわけにはいかないことはわかっていた。反省の意を込めてくるりと振り向き「二紫名」と声をかけた、その時。

「えっ？　あれ？」

かざしたままだった右手が勝手に塊の中に吸い込まれていく。ちがうちがう！　まだ入るって決めてないのに！　私の意志とは関係なしに、強い力で引きずり込まれ、抗えない。

「二紫名！　ちょっとたいへ……」

大変なことになっちゃった。そう言い終わる前に、私の体は右腕から肩そして顔と、どんどん吸い込まれ、やがて全身が塊の中に取り込まれてしまった。二紫名の姿は見えない。

――ああ、またやってしまった。後で「だから八重子は」とまた茶化される。

しかし、そんな考えもすぐに吹き飛んでしまった。なぜなら、はっきりと見えてきた目の前の景色が、とても馴染みのあるものだったからだ。

四方から聞こえる、たぎるような蝉《せみ》の声。真っ青に晴れ上がった空に、大きなひと塊の入道雲。一面に広がる、青々しい稲がさわさわと風にそよぐ姿。じりじりと焼けつくような日差し。

――ここって……この記憶って……？

私が頻繁に見る夢の景色と似ている。一瞬、誰かが持ち去ったとされる、私のもう一つの記憶の箱を手に入れたのかと思ったが、そんなわけはない。これは昴の記憶だ。それでも、私がここに導かれるようにしてやってきたのは、なにか意味があるのかもしれない。

言いようのない高ぶりが襲ってきて、落ち着かない。そわそわと辺りを見回していると、遠くから誰かの足音が蝉の声に交じって聞こえてきた。

もしかして夢の少年が⁉　そう思ってドキッとしたのもつかの間、アスファルトを踏みしめやってきたのは、夢の少年とは似ても似つかない、Tシャツに短パン姿の少年だった。

いい所のお坊ちゃん風にカットされた黒髪は、太陽の光に反射してきらきら輝いている。瞳はまん丸で、いかにも純粋そう。まだ小学校低学年といったところか。背が伸びただけであまり変化はない――幼き日の昴だった。

「そりゃそうか、昴だよね」

思わずため息を零す。よく考えれば当たり前のことだけど、夢と関係があると期待していただけに少しだけがっかりだ。

昴は私のそばまで来て、いきなりピタリと足を止めた。おもむろに顔を上げ、あろうことか私をじっと見上げてくる。

――え、嘘……見えてないよね?

この反応は初めてだ。学校や商店街での昴は、私たちのことなど一切見えていないといった感じで動いていた。それなのに、少年の昴はまるで私のことが見えているかのように、じっと不思議そうな顔で見つめてくる。やがて小さな唇がそっと開いた。

『お姉ちゃん、なにしとるん?』

ビクリと体が跳ねた。声が出そうになるのを必死に抑える。昴は私が見えている……!

『んー?』

こてんと首を傾げる昴。私がなにも答えないのが不思議なのだろう。でも、駄目だ。

「記憶の中の昴とは会話しないこと」、それが縁さまから言い渡されたルールだった。

それでも尚見つめられ、「もう勘弁して！」と叫びだすほんの数秒前。

『――すずもりくん！』

昴がやって来た反対方向から声が聞こえてきた。昴は声のする方に視線を向ける。

『えーと……？』

『となりのクラスに転校してきた、『つぶらぎやえこ』だよ』

『……ああ！』

――えっ！　私!?

思わず振り返って声の主を確認した。紺色のギンガムチェックのワンピースに麦わら帽子を被った、涼しげな恰好の少女。背中には小さな桃色のリュックを背負っている。そこにいるのは、たしかに幼い日の私だ。

昴はもう私には関心がなくなったようで、幼い私の元に駆けていった。それを見てホッと息を吐く。私の存在に命拾いをした。

『つぶらぎさん、どこに行くん？』

『バスていー。おばあちゃんがびょういんから帰ってくるから、むかえに行くんだ』

『へぇ！　リュックにはなにが入っとるん』

『すいとうだよ。おばあちゃんがいつも言ってるもん『ねっちゅうしょーに気をつけんなん』って。だからね、わたし、自分ですいとうじゅんびしたんだよっ』

小さな私は得意げに胸を張った。昴もそんな私に尊敬の眼差しを寄せている。

この記憶は、どうやら幼き日の昴と私の記憶なのだろう。他愛ない記憶。ここに昴の大切な記憶が封印されている、ということは恐らく考えられない。そうとわかれば早くこの塊から出なければ。二紫名がきっと心配して待っている。

けれども、頭ではわかっていても足が動かないのだ。この光景をいつまでも眺めていたい。いや、眺めなければいけない。見届けなくてはいけない。そう、心の奥深くで誰かが叫んでいる。

予感はあった。小さな私の被っている麦わら帽子に見覚えがあったから。あれはそう、夢の中の少年が被っていた麦わら帽子と同じだ。手に取ってしっかり見なくてもわかる、あれは同じなんだ。

——この記憶は私の失くした記憶に繋がっている。

『——じゃあね、すずもりくん』

『また明日ねー!』

ハッとした。昴と小さな私は手を振りあい、それぞれの目的地に向かって歩き出す。小さな私の背中が遠ざかっていく。

どうしよう。昴と私、二人の背中を見比べる。

昴を追いかけないといけないとわかっているけど、これが記憶を取り戻す最後のチャンスかもしれないと思うと、そう簡単に割り切れなかった。ジリジリと蝉が私を囃《はや》し立てる。

「行け」「行ってしまえ」と、そう言っている気がする。

「ちょっとだけ、いいよね？」

誰に言うでもなく呟くと、私は迷わず小さな私を追いかけた。二紫名にはあとで「阿呆」と叱られるかもしれない。でもまぁ、いいや。

小さな私は、一直線にバス停を目指す。毎日通る道だから、ついていくこっちとしても迷わずに済んでありがたい。

しかし順調に見えた道のりは、段々と不穏な空気が漂ってきた。さっきまで青空が広がっていたというのに、なぜか急に辺りが暗くなったのだ。決して曇っているわけではない。燃え上がる夕焼け、名残惜しさ、熱の余韻といった、いわゆる夕方の匂いをまったく感じさせないで、いきなり夜がやって来たみたいだ。

これはなんの作用？　昴の感情が作用しているとは考えにくい。じゃあ一体——。

その時、暗闇の向こうから人影が現れた。その姿に、私の心臓はドキリとひときわ大きく跳ねあがる。

『……う……っく……うっく……』

薄紫の着物姿の少年が、ふらふらとよろけながら小さな私に近づいてくる。ああ、この光景だ。夢の中の、あの少年。ずっとずっと思い出したかった。その念願が、今、叶う。

私は不思議と高揚感に包まれていた。緊張しているはずなのに、足元からふわふわと、なにか湧き上がってくるものがある。

夢の中ではぼんやりしていた彼の姿が、ゆっくりと明らかになった。

砂埃やら汗やらが混じった薄汚れた頬は、洗い流せばきっと雪のように白いだろう。同じく肩までの白い髪は、櫛《くし》でとかして整えてあげたら随分綺麗になるだろうに、今はあちこちに跳ねて勿体ない。

薄紫の着物に白い肌、白い髪。その特徴がわかるにつれて私の呼吸は速くなる。だってそんなまさか――。

涙で濡れる少年の瞳の色は、とても深い群青色……。この特徴の数々は、偶然？　それとも。

「……あっ……！」

それよりももっと驚くべき特徴が判明して、私は声を出さずにはいられなかった。彼の頭に、小さな白い獣耳が二つ並んでいる。そんな耳を生やしている人物なんて、一人しか知らない。

――二紫名だ。私が忘れていたもの、盗られた最後の記憶。それは、私と二紫名の記憶だったんだ……！

『わんこ……』

小さな私が二紫名に話しかけ、二人の会話が始まったので、そのままじっと息をひそめて成り行きを見守ることにした。幸い、小さな二紫名は昴と違って私の姿は見えていないようだ。

感情を外に出さない飄々《ひょうひょう》とした現在《いま》の二紫名とは違い、小さな二紫名は少年らしく生意気で気が強そうな見た目をしている。それなのに泣いちゃったりして……可愛いな。二紫名にもこんな可愛い時があったんだ。思わず笑みが零れる。

『もしかして、泣いてた？』

『な、な、泣くかっ！』

初めは警戒していた二紫名も、小さな私のあまりの動じなさに気が緩んだのか、事の顛末《てんまつ》を説明し始めた。

どうやら、二紫名は縁さまの使いでこの町を歩いていたのだが、迷子になってしまったらしい。暑さと喉の渇きで参っていたところを小さな私が通りかかった、と。

――なぁんだ。拍子抜けだ。私が二紫名と出会った時の記憶ということは、記憶の箱を持ち去ったのは、二紫名に違いない。たしかにあの時一緒に記憶の道に入ったのは、二紫名ただ一人だった。よく考えればわかることじゃないか。

それにしても二紫名ってば、もしかして「泣いていた」ことが恥ずかしくて記憶の箱を持ち去ったのだろうか。たかがそんな理由で？　別に二紫名が泣いていようが怒っていようが、小さい頃の話だ。どうも思わないのに。男のプライドとかいうやつなのか、はたまたただの悪戯心《いたずらごころ》なのか……どちらにせよ、まったく困った狐だ。

けれどもこれで、ようやく私の記憶が戻ったわけだ。ホッと胸をなでおろす。

「おまえ、面白いものを失くしているな」そんな言葉から始まったとばかり思っていた、私と二紫名。だけど本当は、こんな小さい頃に出会っていたんだね。今まで隠されていたことに腹が立つような、昔の私を知られていることが気恥ずかしいような、そんな、なんとも言えない感情に、体中がむずがゆい。二紫名の弱みを握ったはずなのに、なんでこっちがこんな思いをしなきゃいけないんだか。

「あっ……と、やば！」

小さな二人の様子が微笑ましくてしばらく見ていたが、ふと、私には時間がないことを思い出した。今は私の記憶を悠長に見ている場合じゃない。ここから出なければ。

くるりと方向転換して歩き始めた私は、けれども背後から聞こえてくる二紫名の声に呼び戻された。

『やえこ……』

どこか緊張をはらんだ声。微かに語尾が震えている。なにかを決意した小さな二紫名に、こっちまで息を呑む。小さな二紫名は力強くキッと小さな私を見据えると、一音一音慎重に言葉を紡ぎだした。

『──おまえは度胸がある。妖《おれ》に会っても驚かないばかりか、親切にもしてくれた。妖《おれたち》は恩を返す。だから……だから──』

二紫名の小さな唇が、まるでスローモーションのようにゆっくり動く。そして──。

『──おまえを俺の嫁にしてやる』

──え…………。今、なんて言った？　ヨメ……嫁って……。

その途端、すべての音が無に帰する。聞こえるのは、静かな心臓の音だけだ。穏やかなリズムに乗せてさっきの言葉を反芻《はんすう》するうちに、それはまるで矢のように私の心臓に突き刺さり、やがて規則的だったリズムを狂わせた。

──嘘でしょう？　どういうこと？　聞き間違い？　パニックになる中、僅かに残っていた理性が必死に思考を巡らせる。

いや、聞き間違いなんかじゃない。たしかに小さな二紫名は小さな私に向かって「嫁にしてやる」と言ったのだ。そういえば二紫名が以前言っていた「八重子と大切な約束をした」って、このことだったの？　ううん、それだけじゃない。そもそも「婚約者がいる」っていうのは、もしかして……──。

体中の血が急激に熱を持つ。顔から火が出そうなくらい、頬が熱い。どうしよう……。

二紫名の婚約者が私だとわかったことが、こんなにも嬉しいなんて。

二紫名はただの友達のはず。なのに彼のことを考えると、ちょっとのことで嬉しくなったり、モヤモヤしたり、腹が立ったり、胸が締め付けられたり。この気持ちってなんだろうと思っていたけど、もしかして私は、二紫名のこと……――。

『またな！　やえこ！』

小さな二紫名の大声で現実に引き戻された。どうやら、このかけがえのない記憶ともさよならのようだ。

小さな二紫名の横顔にほんのり寂しさが滲む。それを打ち消すように、彼はきゅっと唇を引き結び後ろを振り返った。

突然判明した二紫名とのやりとりに、まだ気持ちが追い付いていないのが正直なところだけど、でも。

「……思い出せてよかったよ」

『バイバイ、わんこ君！』

呟いた言葉は、小さな私によってかき消された。でもそれでいいんだと思う。今度こそ誰にも渡したくない、私の大切な記憶。

小さな私は元気よく手を振って再び道を歩き出す。

しかしなにやら様子が変だ。さっきまで気づかなかったが、目的地であるバス停へと続く道は、ある地点を境に完全なる闇に変化していた。そんな暗闇の中に、小さな私は躊躇《ちゅうちょ》することなく突っ込んでそのまま見えなくなる。

「えっ……ちょっと待っ……」

いや、それだけではない。この場所自体も明らかにさっきより暗くなっていた。晴れた日に夜空に浮かんでいるはずの月は、今は見渡してもどこにも見当たらない。周りの景色も暗くなって見えなくなったというよりは、その存在そのものが消えてなくなったと言った方が正しいだろう。

やっぱり単純に「夜になった」というわけではなさそうだ。近くに街灯らしきものは一つもない。私は、昴のなかに来た時同様、再び闇に包まれてしまった。

――昴以外の人についていかないこと。

今になって縁さまの忠告を思い出す。なるほど、昴の記憶なわけだから、昴から離れるほど存在があやふやなものになってしまうんだな。納得したところで、もう遅い。

「どうしよう……」

沈んだ声は反響することもなく、発したそばから闇に呑み込まれてしまう。

一度経験したからか、この暗闇にさほど恐怖心はないが、困ったことが一つある。今回この記憶の塊に二紫名が入らなかったことだ。一緒に入ってさえいれば、どこかに彼がいて私を見つけてくれると確信が持てて安心できるのだけど。

「私を追いかけてきてくれたりして…………」

無駄に笑いながらそう言ってみたが、あまりの無音具合に虚しくなって「なぁんて」と一言付け足した。そんなに都合よく二紫名が現れるわけはないのだ。

私が勝手に入ったのだから、誰にも頼らずに私一人で出なければ。大丈夫、今までだってなんとかなってきたじゃない。縁さまにだって「君江譲りの無鉄砲さ、いさぎの良さ」を褒められた。

呼吸を落ち着かせ、よく周りを見る。どこもかしこも真っ暗だけど、左側がほんのちょっとだけ明るいような気がする。自分の直感を信じるなら、きっと出口はこの方向。

さっきの塊から出た時のことを思い出す。まっすぐ迷いなく前に進む、多分これだけでいいはずだ。

「おばあちゃん、見守っててね」

私はぎゅっと拳を握ると、暗闇の中へ突進した。


ばうん。なにかにぶつかった衝撃で私の体は停止した。

鼻の頭を押さえながら目を開けると、視界いっぱいに広がるのは上品な薄紫色。金木犀《きんもくせい》の香りが漂って、それがなにか悟る。恐る恐る顔を上げると——。

「八重子」

「……………！」

二紫名の顔面のどアップに、驚きすぎて言葉も出ない。いつの間にか私の体は、二紫名の腕の中にすっぽり包まれていた。白くてなよっとしていそうなのに、意外としっかり筋肉質な……。

――やだやだやだ！　私ってばなにを！

慌てて体を離すと、なぜか二紫名が不機嫌そうに眉根を寄せた。

大人の姿の二紫名……だ。まさか、今しがた去って行った小さな二紫名が成長して帰ってきたとか……？

ぽかんと口を開ける私を見て、二紫名は大きなため息をついた。

「間抜け面」

……なんてことあるわけがない。この腹立つ物言い、正真正銘、私のよく知る二紫名のようだ。あの可愛かった少年がどうしてこうも捻《ひね》くれてしまったのか。

それでも知り合いに会えたことでホッとしたのも事実だ。どうやら私は無事にこっち側に帰って来られたらしい。

「一人で勝手に動くなといつも言っているだろう、阿呆」

「ご、ごめんなさい……」

昔に交わした約束を思い出したからか、まっすぐ彼の目を見ることができずに顔を逸らす。今までどんな風に話していたっけ。どんな顔すればいいの？

「それで、ここはなんの記憶だったのだ？」

「へえ!?　え、えっと……私と昴の記憶だったよ」

嘘は言ってないぞ、嘘は。

「そうか……──」

急に押し黙る二紫名に「もしやバレた？」と不安になりチラリと彼を見ると、彼の群青の瞳もまた、私を見つめていた。思いがけず視線が絡まりドギマギする。振りほどけない、逸らせない。

今までだって見つめられることは何度もあったじゃないか。なんでこんなに心臓の音がうるさくなるんだろう。そんなに私を見つめないでよ……。

「──なら、この塊に大切な記憶はなさそうだな」

大切な記憶。その響きにドキリとしたが、二紫名が言っているのは「昴の大切な記憶」のことだ。

「う、うん……」

視線を引きはがし、なんとか平常心を取り戻す。上擦った声を茶化されるかと思ったが、彼はいたって真面目な顔で言葉を続けた。

「あまり時間がない。次に入る塊が最後のチャンスだと思った方がいいな」

「ええっ……でもまだこんなにあるのに？」

「一つ一つ確認しなくても八重子にならわかるはずだ」

　そうだろう？　と念を押されても、私はただの人間だ。さっきだって不可抗力とはいえ直感を信じた先は、昴の大切な記憶というより私の大切な記憶がある場所だった。

「わからないよ、私には。縁さまにしても二紫名にしても、ちょっと私のこと買いかぶりすぎじゃない？」

「いや、八重子にならわかる。目を閉じてみろ」

　強めに言われて言い返せなくなった私は、仕方なく目を閉じた。そんな私の背後に二紫名がまわった気配がした。

「な、なに……？」

「いいからそのまま目を閉じていろ」

　二紫名にそっと右手を掴まれ、そのまま正面に向けて伸ばされる。

「いいか、考えるんだ。昴くんの大切な記憶がどこにあるか。集中して考えれば自ずとわかるはずだ。心の声に従え」

　――って言ったって！

　背中から抱きしめられるように体を密着されて、集中しろっていうのが無理な話だ。耳元で二紫名の掠《かす》れた声がして、頭のてっぺんが甘く痺れる。

だめだめ、集中集中……二紫名なんていない、後ろにあるのは木、私は昴の大切な記憶を見つけたい！

目を閉じたまま前に伸ばした右手に意識を集中させる。

よく考えろ。大切な記憶……昴が失くしたことを覚えていないということは、きっと小さい頃の記憶だ。なぜ封印したんだろう。大切な記憶なんだから幸せな記憶だと勝手に思っていたけど、よく考えたら、幸せな記憶なら封印するだろうか。もしかしてその逆で、忘れたくなるほどの辛い記憶――？

その時、右手が勝手にピクリと動いた。同時に心臓がずくんと疼《うず》く。

――わかる。どうしてだかわからないけど、たしかに私にはわかる。私たちが見つけたかったもの、昴の封印した記憶の在りかが。

「わかった……かも」

導かれるように歩き出す。集中した前と後でなにが変わったのかはわからないが、ずっと同じにしか見えなかった塊が、今はそれだけ光って見える。前に立つと、言いようのない感情が塊からぶわっと溢れ出す。悲しいような、それでいて幸せなような。泣きたくなるほどの激しい感情のうねり。――ここだ。この中に隠されている。

私と二紫名は互いを見て頷き合った。どちらからともなく手を繋ぎ、二人同時に塊に侵入した。

——ザザン、ザザン。

むせ返るほどの潮の匂い。前髪をさらうほどの強く冷たい風。少し不安定な足元は岩でできている。

——ここは海……？

赤く潤んだ太陽が、空をオレンジ色に染め上げながら沈んでいく。戸惑うのは、沈む先の海が、白く泡立っていることだ。ポツンポツンなんて可愛いもんじゃない。大量に、溢れかえるほどに、だ。

あれはなに？　と思わず首を捻る。

『お父さぁん、あれなにィ？』

波の音に交じって、あどけない、小さな子の声がする。岩場をぴょんぴょんと慣れた足取りで歩く子ども。さっきの記憶よりまたうんと幼い、昴だ。

その後ろには大きな体をした男性が立っている。今より若々しく、その恰好も袴姿ではないけれど、昴のお父さん、惟親さんに違いない。

惟親さんは昴の指さす方を見て「ははぁ」と言うと、昴の横で腰を屈めた。

『あれはなぁ、『波の花』って言うんや』

『なみの……おはな？　ゆきじゃないん？』

『わっはっは！　雪やないよ。能登の冬の風物詩やわなぁ。海中のプランクトンがこの荒波で岩場に打ち付けられるやろ？　そうすることで白い泡になるんや』

『ふうぶ？　ぷらんく？　よくわからん』

少し不機嫌になった昴が、惟親さんのダウンコートを引っ張る。惟親さんはそんな昴を愛おしそうに見ると、

『ほぅら、白い泡が空中に舞って、まるで花びらみたいに綺麗やろ。やから波の花って言うんやよ』

と言って豪快に笑った。

ふわふわぷかりと空に舞う白い泡は、たしかに圧巻で、幻想的だ。見たことのない景色に目が釘付けになる。

昴は納得したのかしていないのか、じっと黙り込んでしばらく波の花を眺めていたが、なにを思い立ったか再び惟親さんのダウンコートを引っ張り「ねぇお父さん」と言った。

『なんや？』

『なんでぼくにはお母さんがおらんの？』

『……どうした急に』

『んー……』

『さみしいか？』

惟親さんの問いに、昴は一瞬俯いた。けれども次に顔を上げた時には、満面に笑みをたたえて、

『うん！　その代わり、ぼくにはゆかりくんがおるもんね』

と、そう答えたのだった。

――あれ……？

二人の会話に引っかかりを感じる。おかしい。昴は「力がない。神様を視ることができない」と言っていた。なのになぜ、昴の口から「ゆかりくん」という単語が飛び出してくるんだろう。

考え込んでいる間に、昴は「そうだ！」と叫んで歩き出した。惟親さんが見守る中、ポケットからビニール袋を取り出し、しゃがみ込む。僅かに揺れる小さな背中が可愛らしい。元気よく立ち上がり、くるりと振り向いた昴の手には、白い泡がいっぱいに入ったビニール袋が。

『なみのおはな、ゆかりくんに持っていくげん』

惟親さんにビニール袋を近づけると、昴は満足そうに笑った。

「……ねぇ二紫名」

「ああ……」

囁《ささや》いた言葉。その続きを言わなくても、二紫名は察したようだった。なにかがおかしい。

昴の口ぶりからは、まるで昴と縁さまは面識があるように聞こえる。

しかし現在、そうは見えない。縁さまの方はどうかわからないが、少なくとも昴は縁さまのことが視えない。これがなにを意味するのか、二紫名ですらわからないようだ。

昴は惟親さんと手を繋ぎ、歩き出した。今度こそ迷わないよう彼の後を追おうと見守っていると、

『……おねえちゃんたち、だれ？』

ちょうど真横を通り過ぎる瞬間、昴がこちらを見て目を丸くした。

――見えている！

「…………っ」

繋ぐ手に力が入る。返事をしては、いけない。

『…………？』

『だれに話とるんや？　行くぞ』

惟親さんに引っ張られた昴だったが、まだ不思議そうな顔でこちらを見ている。私は努めて小さな声で二紫名に話しかけた。

「二紫名っ……昴は私たちのこと……」

「見えているようだな」

「実はさっきも話しかけられたの。ねぇ、昴って本当は力があるんじゃない？」

それしか考えられなかった。そもそも『仮宿主』になる条件としても、力があることが前提だ。昴は頑なに「力がない」と言っていたけれど、昴から発生し襲ってきた黒いドロドロといい、私たちのことが見えている様子といい、ここに来てからのあれこれは、昴に力があるとしか思えないものばかりだった。

「昴くん本人が『力がない』と言ったのだな？」

「うん、力がないから、縁さまのことも視えないし、神社を継げないって……」

「もしかしたら、そう思い込んでいるだけなのかもしれないな」

「思い込んでいるって……なんで？」

「さぁな。それはまだわからないが……」

わからないことが多すぎる。もう少しこの記憶を覗いて、どこかに隠された「封印された記憶」のヒントを探さなければ。

昴に不審がられないように、見失わないギリギリの距離をあけて追いかける。すると、五メートルほど歩いたところで急に景色が一変した。

夕焼けは濃紺に変わり、ぽつりぽつりと現れた星々が夜空を飾る。月明かりの下、ひと際存在感を放つ、朱《あか》。石段を上ればそこは——。

「神社、だ」

昴のなかに入る前にいた場所、境内。すっかり夜に様変わりしているが、戻って来たのかと錯覚する。しかしそこにはクロウや真白さん、あお、みどりの姿はない。昴の記憶の中の、鈴ノ守神社なのだ。

昴の姿は拝殿の前にあった。私と二紫名は慌てて追いかけ、少し離れた木の陰でひっそり息を潜める。

『ゆーかーりーくんっ』

昴がそう声をかけると、拝殿の空気がゆらゆらと揺らいだ。やがてそこに、白い着物姿の影が現れる——縁さまだ。

『ああ昴、今日は遅かったね。惟親とどこかに行っていたの？』

縁さまは現在とまったく変わらない、美しい少年の姿で昴に微笑みかけていた。相手が小さな子だからか、私の知っている縁さまより幾分柔和な印象を受ける。

『あのねぇ、そとうらのうみにいったんやよ！』

元気のいい声が響く。そこにはなんの迷いも驚きもない。

——やっぱり。私の中の小さな疑惑は、たしかなものとなった。昴は縁さまと交信できていたんだ。

『海……海かぁ、いいね。僕も行きたかったなぁ』

『うーん、ぼくもゆかりくんといっしょがいいー』

いっつもお父さんと二人やもん、と口を尖らせる。

『昴は小さいから、いろんな場所で転びそうだよね』

『そ、そんなことないもんっ』

『ふふ、きっとそうだよ』

縁さまと昴は、なんてことない話をとても楽しそうにしていた。そこには友情……よりももっと深い、確かな愛を感じた。家族のような存在。きっと、互いが互いを必要としていたのだろう。

やがて縁さまの表情が曇った。

『惟親も小さい時はよく行っていたんだよ』

『おとうさんが？』

『うん。それでね、今の昴と同じように、海に行った帰りに僕のところに飛んで来ては、いろいろ話をしてくれたんだよね……』

『ふぅん？』

縁さまが寂しそうに目を伏せたのを、昴は気にしていないようだった。

『ねぇ昴……――』

突然、縁さまの白い腕が昴の方に伸びた。そのまま昴の手を慈しむように握る。

昴は縁さまにさわることができるんだ、と驚いた。普通の人間は決してさわることのできない存在である、神様。であれば、昴の力というのは相当なものなのではないか。

そんなことを考えていると、縁さまはとても苦しそうな顔で、こう囁いた。

『僕のこと、忘れないで』

乾いた声にこもる、悲しい感情。いつも、どんな時でも楽観的で、町の人からの信仰心がなくなって自身の力が弱まってきても弱音を吐かなかった縁さまが……。

『だいじょうぶだよ。ぜったいに、わすれないから』

力強く頷く昴を見て、縁さまはホッと息を吐いたように見えた。

「本当は寂しかったのかな」

ぽつりと呟いた言葉を二紫名は聞き逃さなかった。

「縁さまが、か？」

「うん……惟親さんとも昴とも交信できなくて……寂しかったのかな。だから子どもの記憶を盗るなんて悪戯をしたのかな……」

「どうだろうな。縁さまの本心まではわからないが、神は俺たち妖とは違い、姿を視ることができる人が限られている。ましてや、交信できる人となるとほんの一握りだ。……孤独ではあっただろうな」

「…………」

――孤独。孤独、かぁ。

私には父がいて、母がいて、小町や昴、二紫名たちに商店街のみんな……たくさんの人が周りにいる。それが当たり前だと思っていたけれど、縁さまが今交信できるのは、私だけなんだ。私が来るまでは、いつも一人ぼっちで拝殿にいたのかと想像すると、胸が軋《きし》んだ。

『ずっといっしょにいようね』

『約束だよ』

幸せそうに微笑み合う、二人。そんな二人の約束を祝福するかのように、境内に柔らかな粉雪がちらつき始めた。

一見すると美しいワンシーン。しかし、その約束は果たされなかったことを、私は知っている。

縁さまにとって昴は、かけがえのない存在だったんじゃないか。そしてそれは、きっと昴も同じ。

こんなに信頼しあっている縁さまと昴が、今では全く繋がりがないなんて、なにかあったとしか思えない。もしかしたら、そこに封印された記憶の鍵があるのかもしれない。

「二紫名、もう少しで……」

なにかわかりそうな気がする、とそう言おうとしたその時、昴に向き合っているはずの縁さまが、ふとこちらを見たような気がした。

「ゆ、かりさま……？」

そしてフッと寂しそうに笑う。その瞬間、辺りは眩《まばゆ》い光に包まれた。目を開けていられなくてぎゅっと瞑《つむ》る。

——縁さま!? 昴……!? 今度は一体なに?

肌で感じる温度が、一気にむわっと高くなる。カラコロとうるさいのは下駄の音だろうか。子どものはしゃぐ声、どこからか漂ってくる、香ばしい匂い……——。

次に目を開いた時、目の前に広がるのはまるで異世界だった。赤々と灯る提灯《ちょうちん》が、見るも鮮やかに夜空を彩る。参道の両脇には屋台がずらっと並び、生温い風に乗って焼きトウモロコシの醤油の焦げた匂いや焼きそばのソースのいい匂いが運ばれてくる。その中を綿菓子やりんご飴を持った浴衣姿の子どもたちが、頬を上気させながら楽しそうに駆けていく。これは……夏祭りの記憶だ。

『おい、昴～』

ざわめきの中、子どもの声が妙にはっきり耳に届く。ねっとりと絡みつくような嫌な響きを持った声は、ある屋台の方から聞こえてくる。

『へったくそ! 一匹も取れてないやん』

『うわぁ、まじ?』

案の定、金魚すくいの桶を取り囲むように、汗ばんだTシャツ姿の男の子が数人しゃがみ込んでいた。彼らの真ん中に、大きな穴があいたポイを持った昴が縮こまって座っている。

　嫌みを言いながら肘でつついてくる男の子たちに、昴は『へへ』と弱々しく笑うだけでなにも言い返したりはしない。

　私はだんだんと腹が立ってきた。誰だっけ、あの子たち。見覚えがあるようなないような。誰だかわからないけど、性格が悪いのだけは間違いない。

「なんなのあの子たち。お姉さんがちょっとこらしめてや――」

「おい、八重子」

　ずんずんと向かっていこうとする私の腕を、二紫名が引っ張った。

「会話してはいけない、そうだろう？」

「う……でもでも、あんなの見過ごせないよ」

「それでも、だ。俺たちができるのは、ただ事の成り行きを見守ることだけだ」

「ううう……」

　わかってはいるけど、悔しい。ほんの数歩先で昴が嫌な気持ちになっているのに、見過ごすなんて。

　どうにも収まらない気持ちに、私はただ下唇を噛んだ。そうしている間も、少年たちは相変わらず昴をいじって笑っている。

『おまえ、どんくさすぎ！』

『いっつも堺に守られとるもんなぁ』

『女しか友達おらんやん！　ダッサ！』

もしかして、この記憶が封印したかった記憶？

たしかに昴って小学生の頃いじめられていたっけ。クラスの人におちょくられているっていう相談に乗ったのがきっかけで、私がバスケを習うことを勧めたんだ。いじめられていた記憶が辛くて、それで……？

箱化したという昴の記憶はどこだろう。それらしいものは見当たらない。

「ねぇ二紫名——むぐっ」

「しっ……」

いきなり口元を手で覆われて息ができなくなる。なんなの！　と文句を言おうとしたその時、昴たちの様子が、より不穏なものに変わったのがわかった。

『おい、なんとか言えよ〜』

『金魚すくいもできん、走るのも遅い……なぁ、おまえのできることってなんなん？』

『ほらほら、神様にお願いでもしろよ。おまえ神様が視えるんやろ？』

『言えよ、『神様お願いしましゅ〜。僕をなんでもできるスーパーマンにしてくだしゃ〜い』って言えよぉ』

少年たちの理不尽な言葉の暴力は、より過激なものになっていた。耳を塞ぎたくなるような内容に、そんな言葉を一度に浴びた昴のことが心配だった。

本当に、酷い記憶。こんな記憶なら封印したくなるのもよくわかる。

いつしか少年たちは『かーみさまっ』『かーみさまっ』と昴を執拗に囃し立てていた。

しかしその声も、ある時を境にピタリと止まる。昴が急に立ち上がったからだ。

『は……？　なんなん……』

少年たちは昴の動きに完全に虚を衝《つ》かれたようで、目を見開いてじっと昴の様子を窺《うかが》っている。

昴は怒っていた。怒っていることが一目瞭然の表情をしていた。提灯の明かり以上に顔を真っ赤にさせ、唇はきゅっと引き結び、眉間には皺を寄せ、ぷるぷると体全体を震わせている。惟親さんに言い返した時も驚いたけど、これはその時以上だ。

昴は拳をぎゅっと握り、決意したかのように少年たちを睨《にら》みつけると、大声を出した。

『神様なんて僕は知らん！　そんなもん、おらん…………おらんのや！』

――昴!?

しん……と、静寂がこの空間を支配する。祭りの音楽も、人々の話し声も、なにもかもが一瞬にして消え失せた。そして……――。

『うわっ』

『な、なんや!?』

代わりにゴゴゴと地響きがする。縦に、横に、屋台も人もすべてが揺れる。

「これ……地震!?」

私たちまで激しい揺れを感じる。……変だ。こんなに大きな地震が起こったことを、私は記憶していない。いくら小さかったとはいえ、これだけの地震なら町中大騒ぎになって記憶に残っていてもおかしくはないのに。これは、ただの地震じゃない……?

バランスを崩した少年たちは、地面に尻餅をついた。しかし昴だけは、ふらつくことなくまっすぐ立っていた。それがなにを意味するのか、私にはわからない。

地震がおさまると、少年の一人がつまらなそうに息を吐いた。

『……んだよ、いってぇ。あーあ、しらけた……帰ろうぜ』

そう言って、ほかの少年を引き連れて、そそくさと退散する。一旦はいじめがやんだから、これでよかった……のかな? けれど、なんとも言えない不安感が纏わりつく。さっきの昴の言葉が耳に残って離れないのだ。

『…………縁くん』

ぼそり。それまでぼうっと立っていた昴が、しばらくして小さく呟いた。言った本人も、言葉を発したことでなにかに気づいたのか、急にハッとした表情を見せ、慌てて辺りを見回す。サッと血の気が引いた、という表現がぴったり当てはまるほど、彼の顔から一気に色がなくなっていく。

『縁くん！』

今度ははっきりと。大声でその名を叫ぶと、その途端にすべての音が戻ってきた。ざわつく世界。だけど、昴だけが一人、違う世界に取り残されているみたいで気味が悪い。

『……っ！』

その時突然、昴が走り出した。迷いなくまっすぐ向かう先は、きっと拝殿だ。

「に、二紫名！」

「ああ、追うぞ」

私と二紫名も昴に続いて拝殿へと急ぐ。うまく言えないが、嫌な予感がする。胸の奥がさっきからずっとざわざわしているのだ。

拝殿の前は屋台の明かりも提灯の明かりも届いておらず、ほの暗い。昴はそんな拝殿の前に立つと、胸の前で両手を握った。

『ゆ、縁くん！』

返事は、ない。

『縁くん……いるよね？』

呼びかけに応じて現れるはずの縁さまは、なんの反応も示さない。昴の呼びかけはそのまま拝殿の奥へと吸い込まれていく。

『ねぇ、縁くんっ！』

微かに聞こえる祭りの音楽が、昴の必死な声と相反して余計に寂しさを誘う。

「二紫名……どうして？　どうして縁さまは現れないの？」

「それは……」

そう言ったきり、押し黙る二紫名。

いや……本当は私も気づいていた。神様と人間を繋ぐキーワードは「信仰心」。昴が言った「神様はいない」の一言が、昴に縁さまの姿を視えなくさせたのだろう。あの地震はきっと、縁さまの叫び。気づいていたけど、そんな悲しいことを認めたくはなかった。それは、目の前の昴も同じなようで。

『う……そやろ……縁くん。いつも呼んだら……すぐに出てきてくれたやん……！』

目に零れそうなほどの涙を溜めて、やっとのことでそう話す。

昴は拝殿の中まで入り込むと、「縁くん」「縁くん」と叫びながら、縁さまの姿を隈《くま》なく捜す。しかしどこにもいないことがわかると、ガタガタ震えながらその場に座り込む。

「昴……――」

『ああ……僕はなんてことしちゃったんやろう……』

悲しみが何重にも折り重なって、昴を押しつぶす。重みに耐えきれず、徐々に小さくなっていく背中。浅い呼吸を繰り返し、ずっと堪《こら》えていた涙も、とうとう頬を伝い、零れ落ちてしまった。

『うああ……嫌や……嫌やよ縁くん……！　僕のそばからいなくならないで……！』

昴の感情が流れ込んでくる。辛くて痛くて、どうしようもなく苦しくて。体の奥でぐらぐら煮えたぎったなにかが、一気に喉元に押し寄せてくる。吐き出したくて。叫びだしたくて。しかし口から漏れ出るのは、言葉にならない嗚咽《おえつ》ばかり。

『ああ……』

——助けて。

——助けて。助けて。

——縁くん。

それでもたしかに耳に届く昴の心の声。私にしか聞こえない、彼の——。

「……八重子」

「えっ……？」

二紫名が昴じゃなくて私を見ている。どうして？

不思議に思い、ふと頬を触ったら、その答えが見つかった。指先に触れる生温かい水滴。

私……泣いていたんだ。

ボロボロと溢れてくる涙の理由。なんでかなんて、そんなの考えなくてもとっくにわかっていた。

だってあれは私だ。あそこで泣いて、床に突っ伏しているのは、祖母の忠告を守らなかったせいで記憶を盗られ、祖母の愛情をすべて忘れてしまったと気づいた時の、私。「なんであんなことをしちゃったんだろう」。そう後悔して、後悔して、後悔して……。あの時の胸の痛みを、私は知っているのだ。

そうか、これが……この記憶が、昴が封印した記憶。縁さまのことが視えなくなった、という事実を忘れたかったんだ。苦しくて、辛すぎて、縁さまとのことを全部封印してしまったんだね。

『縁くんが……いないなんて……僕には……僕……には……』

昴が辛うじて聞こえるくらいの小さな声で囁いた。取り乱した姿から考えると大分落ち着きを取り戻したかのように見えるが、そんな単純なことじゃないのはたしかだ。

虚ろな目で、右手を頭にかざす。きっと記憶を封印するつもりだ。

わかるよ、昴。でもね――。

「八重子。どうやらこの記憶が封印された記憶のようだな。……しかし肝心の箱がどこを見てもないのが気がかりだな。一体どこに――」

「二紫名」

私は二紫名を振り返り、涙はそのままにニコリと笑ってみせた。

「記憶の中の昴とは会話しないこと」という、この世界での約束。破ったらどうなるかはわからない。縁さまが忠告するくらいだから、きっとものすごくよくない事が起こるのだろう。もしかしたら、元の世界に戻れないかもしれない。二紫名とも、もう会えないかも……だけど。

「ごめんね、二紫名」

それだけ告げると、私は昴の元へ駆け出した。うしろで二紫名の声が聞こえる。「八重子っ」と、あの二紫名が焦っているのがわかる。あの時……夏祭りの夜に、祖母の手を振りほどいた時と景色が重なる。

だけど一つだけ違うのは、今回私はわかっていて、それでも自ら進んで禁忌を犯すということだ。

「昴……だめだよ」

昴の右手を掴み、そっと下ろす。その小さい体を、震える体を強く抱きしめた。

『お……ねえちゃん……？』

「昴……辛いよね。忘れたいよね。わかるよ……わかる」

昴が驚いて体をビクリとさせたのがわかった。

昴にとったらただの不審者かもしれない。私が危険を冒してまで昴に関与しても、なにも変わらないかもしれない。でもね……――放っておけないよ。

「だけどね、お願い。忘れないで。縁さまのためにも……縁さまがいたという記憶を消してしまわないで。『視えない』という事実が耐えがたいほどつらくても……お願い、忘れないで。前を向いて……昴」

すごく酷なことを言っている、私。「関係ないやろ」と突っぱねられるかもしれない……と、昴の反応を待つ。しかし、ゆっくり顔を上げた昴は、なにかを悟ったようにぎこちなく微笑んだ。

『おねえちゃん……ううん、やっちゃん……ありがとう。僕ね……――』

そこまで言うと、昴の姿はサラサラと、砂のように消えていった。足元まで完全に消えた時、残ったものは、指輪が入るくらいの大きさの小さな箱だった。漆黒の色をしたそれを手に取ると、見ているだけで吸い込まれそうになる。

この形状には見覚えがあった。これは、昴の封印した記憶の箱なんだ。

「八重子……！」

「に……しな……っ!?」

呼ばれて振り向こうとした瞬間、金木犀の香りに包まれた。背後から回された二紫名の腕が、私をきつく抱きしめる。

「えっ……あの……二紫名……？」

身動きしようとすればするほど腕の力は強まって、全然解放してくれる気配はない。大人しく彼の腕に抱かれていると、二紫名の息遣いとか体温の低さを直に感じることになって、私の心臓が口から飛び出しそうな勢いで高鳴りだした。

――バカ二紫名。こんなにひっついたら、心音が伝わってしまうじゃないか。

「おまえは本当に無茶ばかり……昴くんと会話すればなにが起きるかわからなかったのだぞ」

ほんの少し、二紫名の声が震えている気がした。心配させた……よね。

「ご、ごめん二紫名……でもね」

「だが……――」

ふいに、彼の冷たい指が私の顎を掴んだ。くいっと振り向かされ、私の目の前に二紫名の群青が迫る。

「だが……それが八重子なのだろうな」

そう言って甘く目を細めた。彼の親指が私の下唇をつうとなぞる。

ねぇ、二紫名。あなたに訊きたいことがたくさんあるよ。あの結婚の約束は勢い？　それとも……。

徐々に距離が近づいていき、あともう少しで唇が触れそう、という時。

「に、にしなっ！」

ある変化に驚いた私は、思わず大きな声をあげた。

「阿呆、空気を読め」

「え？　く、空気？　そ、それどころじゃないんだって！　箱がなんだか熱くなってきたの」

手の中にあった昴の封印された記憶の箱。それがどんどん熱を帯びていく。熱くなった箱は、自ら私の手を離れ宙に浮かぶと、突然パンッと小さな爆発を起こした。

「ええっ！　箱が割れちゃったよ？」

「……八重子、よく見てみろ」

二紫名がはぁ、とため息をつきつつ天を指さす。箱が爆発した辺りから、細かい白い粒が散らばっていた。きらきらと輝きながら落ちてくる。それはまるで、空から降り注ぐ雪のようで……——。

「きれい……」

白い粒は地面に触れるとパチンと弾けた。その拍子に、様々なシーンが現れる。

ある粒からは、駄菓子屋のおばあちゃんがラムネを店の棚に陳列する姿が映し出された。近所の子たちがやって来て、ラムネを美味しそうに飲む。その姿を駄菓子屋のおばあちゃんは仏頂面で黙って見届けている。でもね、私は知っているよ。本当はみんなの喜ぶ顔がなにより嬉しいってことを。

また違う粒からは、てっちゃんと祖母の、写真でしか見たことのない若かりし頃の姿が映し出された。能登島の青い海で泳ぐてっちゃんと、その様子を岸から見守る祖母。無事に岸まで戻ってきたてっちゃんは大袈裟にガッツポーズを決め、それを見た祖母が笑っていた。二人ともとても楽しそう……。

そしてまたある粒からは、小町が一生懸命お菓子を作っている様子が映し出された。完成したケーキを昴に渡している。パティシエになりたいって思えるくらい、お菓子作りが好きだったもんね。

パチンパチンとたくさんの粒が弾ける。その度に温かなシーンが鮮やかに浮かんでは消えた。記憶の箱に紐づいて隠されていたというみんなの「大切なものの記憶」が解き放たれたんだ。

「よかった、これで……」

「任務完了、だな」

二紫名の言葉に自然と頬が緩む。任務完了……――無事に、みんなの元に記憶を還すことができたんだ。これできっと縁さまの力も元に戻るだろう。

この幸せな光景をいつまでも見続けていたが、安心したからだろうか、肩の力が抜け、だんだんと瞼も下がっていって。

ああ、だめ。眠くって仕方ない。もう起きていられな……――。

「――えこ！　八重子！」

ハッとして目を開けた。冷たくて硬い、地面の感触が背中から伝わってくる。

「ふふ……おかえりなさい」

そこには私を見下ろす縁さまの姿があった。もうすっかり日は暮れて、縁さまの後ろには満天の星空が輝いている。

あれ……？　もしかして私……帰って来られたの？

「……ってそうだ！　みんなは!?」

慌てて体を起こす。二紫名はもちろん、途中で別れたクロウと真白さんは無事に戻って来られただろうか。辺りを捜すが、ビー玉とオルゴールと指輪でできた三角形の中には、私と、未だすやすやと寝息を立てて眠る昴の姿しかない。行く時はあんなにぎゅうぎゅうだったのに、今ではすっかりガランとしていた。

「ゆ、縁さま！　みんなはどうなったんですか？　まさか、私だけしか帰って来られなかったんじゃ……」

不安になって訊くと、縁さまは「ふふふ」と嬉しそうに笑って、

「彼らならそれぞれ目を覚まし、今は社務所であおとみどりが様子を見ている。長く他人の記憶にいたからね、少しばかり弱ってはいるけど、心配はいらないよ」

と言った。

——よかった。最初はどうなることかと思ったけど、みんな無事に帰ってきたんだ。ホッとしたのもつかの間、今度は隣に眠る昴のことが気がかりだ。

「あの……昴は……」

縁さまは柔らかく笑うだけでなにも答えない。

封印した記憶を解放した、ということは、昴は縁さまの姿が視えなくなったという事実を思い出したことになる。思い出した昴は、一体なにを思う？

「ん……うう……」

隣から聞こえてきたその声にドキッとする。昴が、目を覚ましたんだ。

「あ、たまが痛い……俺はなにを……？」

ふらつきながら体を起こし、まだ夢から覚めやらぬ瞳で周りを見回した。徐々に意識がハッキリしたのか、昴の顔に感情が戻る。でもそれは、決して楽しそうなものなんかじゃなかった。

「やっちゃん……」

昴は私を見て、そしてゆっくり瞬きをした。その際にポロリ、と大粒の涙が一粒零れる。小さく震える昴の姿が、記憶の中の少年の昴と重なる。

「やっちゃん……俺ね、夢を見てん。夢の中の俺はまだ小さな子どもで、縁くんっていう神様と仲良くおしゃべりしててさ……幸せやった。友達とうまくいかなくても、縁くんがおれば平気やった」

そう言って、「はは……」と乾いた笑いを零す。

「だけどね、ある時俺が『神様なんていない』って言ってしまって、そのせいで縁くんの姿が視えなくなっちゃったんや……。ねぇ、やっちゃん……──」

昴の顔が絶望を前にくしゃくしゃに歪む。

「──これ、ただの夢やよね？」

「昴……」

「だってこんなの……酷い話やろ……。大好きな友達やったのに、俺の気持ちを唯一わかってくれる大切な友達やったのに……。それなのに俺、なんであんなこと言ってしまったんや……」

昴にはやっぱり縁さまの姿は視えていないようだった。すぐ隣に佇んでいるのに、二人の視線が交わることはないのだ。

私は祖母に会えた。祖母に会って、直接「ごめんね」と「ありがとう」を言えた。そして祖母からも返事をもらえて、やっと安心することができた。けど、昴は？　昴は縁さまに想いを伝えることはできても、それに対する反応を視ることはできないんだ。

どうやって慰めようか考えあぐねていると、ずっと座ったままだった昴が突然のっそり立ち上がった。そして彼が次に放ったのは、私の心を急速に冷やすには十分すぎる一言だった。

「もう俺はこの神社におる資格なんてない……」

　小さく、誰に言うでもなくそう口にすると、よろめきながら鳥居に向かって歩いていく。私は慌てて昴の腕を掴んだ。

「ちょっと待ってよ昴……！　なんで？　なんでそんなこと言うの？」

「離してよ、やっちゃん！」

　いくら可愛らしいといえども、昴も男の子だ。私の手は、いとも簡単に振りほどかれてしまった。

　振り向いた昴の頬は涙で濡れていた。裏腹に、口元には笑みを浮かべている。昴の様子がおかしい。

「……俺には本当は力があった。でも、だからなに!?　結局俺は神様と交信できないただのできそこないやん」

「そんな……そんなことないよ昴！」

「やっちゃんになにがわかるん？　俺の気持ちなんてわからんやろ？」

「わ、わかるよ！」

「わからんって！」

　昴の大声で鼓膜がビリビリと震えた。いつもの……冷静な昴らしくない。いきなり目の前に現れた事実を受け入れることができなくて、自暴自棄になっている。こんな時、どうすれば……。

「どうせ……どうせ縁くんだって俺のこと嫌いに決まっとる」

吐き捨てるような言葉に、それまで黙って聞いていた縁さまの肩がぴくりと動いた。

「あんなこと言ったんやもん。俺がおらんくなった方が縁くんも嬉しいやろ」

それを聞いた縁さまの白い手が、昴に伸びる。縋《すが》るように、震えながら。唇が「すばる」とその名をなぞる。しかし彼に触れようにもかなわず、その手は彼の体をするりと通り抜け、宙に漂うだけだった。

――胸が、痛い。なんでみんな傷つかなくちゃいけないの？　歯痒くて、悔しい。これは昴と縁さまの問題だから、私がでしゃばることじゃないのはわかっている。それでも、私になにかできることはないのだろうか。

――あ。

頭の片隅でチカッとなにか光った。……あるじゃないか。私にできること……ううん、私にしかできないこと。

これまで縁さまに言われるがまま行動してきたが、一つだけ疑問があった。

私が「みんなの失くした記憶」を調査する理由はなんとなくわかる。縁さまがいつか言っていた「八重子が商店街の人と交流して、その話を僕に教えてくれないと困る」という理由が腑に落ちるものだったからだ。だけど「昴のなかに入る」のは、なぜ私じゃないといけなかったのか。危険な任務なのだ。例えば、力を持つ二紫名たち妖だけで入ってもよかったのではないか……と。

けれども今、分かった気がする。縁さまはきっと、私に見せたかったんだ。昴と縁さまになにがあったのかを。見せて……そして助けてほしかったんだ。縁さまの気持ちを伝えられるのは、私しかいないのだから。

「縁さまは、そんなこと思ってないよ」

「やっちゃん……？」

私が縁さまの名を口にしたことに驚いたのか、昴は顔を上げ、私の目をじっと見た。

「……黙っててごめん。私、縁さまのことが視えるんだ」

「え？」

「ううん、視えるだけじゃない。会話することもできるの」

「そ……そう、なんや……」

力なく目を伏せる昴の両手を、もう一度握った。どんなに強い力でも振りほどくことができないほど、強く。

「だからね、私、縁さまの思っていることがわかるよ。縁さまは昴のこと嫌ってなんかいない。出て行ってほしいなんて、絶対思ってない。でもそれは、昴だって本当はわかっているでしょう？」

まっすぐに目を見据えると、それから逃げるように昴の瞳がチラチラと左右に揺れた。

「そんなん……そんなん言ってもどうしようもないやん……。だって……もう俺には視えないんやよ……話せないんやよ……」

「昴……。あのね、今、ここに縁さまがいるの」

「……ここに？」

ここに、と言いながら実際に縁さまが立っている場所を指す。それにつられて昴の視線もそちらに向かう。

「昴の覚えている縁さまと同じ姿だよ。あの時のまま。……ねぇ昴。縁さまに想いを伝えてみたらどうかな」

「えっ……――」

「だってそうでしょう？　昴は縁さまに伝えたいことがあって、でも伝えられないから苦しいんじゃないの？　ちがう？」

「それは……」

昴はきゅっと唇を噛みしめ、縁さまのいる空間をじっと見た。視えるはずはないのに、二人の視線はしっかりと絡み合う。縁さまが悲しそうに微笑むと、それに応えるように昴の瞳にじわりと涙が浮かんだ。やがてそれは、溺れそうなほどに溜まっていって――。

「ゆ、かり、くんっ」

昴が一歩、また一歩と前に進む。その度にぽろぽろ零れる涙を、昴は拭おうとはしない。

「ごめん……ごめんね……あんなこと、言って……神様なんて……いないって、言って……」

まるで初めて言葉を発した時のようにたどたどしく。漏れ出た息のように弱々しく。

「一緒に……ずっと一緒にいようって……言ったのに……俺……俺っ！」

徐々に強くなる語気と共に、昴は縁さまの元へ一気に駆け寄った。その姿は昔の少年の昴を彷彿とさせた。昴は戻っているんだ。あの日に戻って、もう一度やり直そうとしているんだ。

記憶を封印することなく、しっかりと自分の言葉で伝えようと。

「縁くん、縁くん、縁くん……！」

昴はちょうど縁さまの真ん前で膝をついた。

「約束を守れんくて……ごめん！　俺があんなこと言わんかったら……！」

かつての私がそうであったように、彼の口から溢れるのは、懺悔と後悔ばかり。叫んで、叫んで、声が枯れて。昴の想いは止まらない。

けれども、縁さまがほしい言葉は本当にそれだろうか。神様の存在を否定したことを謝ってほしかった？　……――きっと、ちがう。

「――後悔は尊い」

項垂《うなだ》れる昴の横に立ち、私はそう呟く。勢いよく見上げる昴に笑みを向けた。

「……ってね、以前ある人が私に言ってくれたの」

「………？」

「その人はその言葉の意味を詳しく教えてくれなかったけど、私、思うんだ。後悔するってことは、それだけ想いが強いっていうこと……つまり、それだけ前を向けるエネルギーがたくさんあるってことなんじゃないかって。だから昴……前を向こうよ。大切なのはずっと謝り続けることじゃなくて、これからなにをするかじゃない？『ここから始めればいいんだ』よ、昴」

「ここ……から……」

昴は噛みしめるように何度も呟くと、縁さまの目をまっすぐに見た。その瞳にもう迷いはなかった。

「縁くん……俺……俺……——宮司に、なる」

ハッキリと告げた言葉。それは風に乗って境内中に運ばれる。ざわざわ、からから。たくさんのものたちが一斉に震える。昴の想いを歓迎しているのが、わかる。

「たくさん修行して、力を取り戻して……そしていつか、縁くんにもう一度会えるように頑張るから、だから……それまで待っていてほしい」

昴の決意に胸が震える。苦しんで、嫌な思いもいっぱいして、でもこうやって戻ってきてくれた。全部を見てきたからこそ、それが大変な決意だということがわかるよ、昴。

縁さまがゆっくりとしゃがみ込む。昴と同じ目線になると、今にも泣き出しそうに目を細めた。

「……おかえり、昴」

優しい、深い声色に、縁さまの愛情が感じられる。縁さまはずっと待っていたんだね。昴が縁さまと……あの事件と向き合ってくれるのを。

――って、うっかり見入っていたけど、昴には縁さまの声は届かないんだった！

「……あっ、あのね、いま――」

慌てて縁さまの言葉を昴に伝えようとしたが、思わず続きの言葉を呑み込んだ。そんなはずはないってわかっているけど、昴が、まるで縁さまの声を聞き取ったかのような清々しい表情を浮かべたからだ。

昴は柔らかく笑うと、ゆっくり口を開いた。

「――ただいま、縁くん」

涙と鼻水でぐしゃぐしゃになった笑顔は、けれども、なによりも尊く美しかったんだ――。

陸　初雪に込める想い

「――それでね、急にお菓子作りができなくなっちゃってェ。でもなんでなのか、自分でもその時のこと覚えていないっていうかぁ、よくわかんないんだよねェ。ね、昴、これってどういうことだと思う？」

自慢の茶髪を人差し指でクルクル回しながら、小町は唇を尖らせた。名指しされた当の本人である昴は、「どっきん☆」という吹き出しがよく似合う顔でわかりやすく焦っている。

「え!?　……さ、さぁ……」

そして横目で私に助けを求めた。私だって誤魔化し方がよくわからないっていうのに。

「あ……そ、そういうこともあるんじゃないかな？」

「んもー！　昴もやっちゃんもテキトーなんだからァ」

小町はまだ納得いっていないようで「うーん」とか「なんでかなァ」なんてことをぶつくさぼやいている。

私たちは、三人並んで帰路に就いていた。昴の様子がおかしくなってからこういうことはなかったから、実に久しぶりのことだった。

ツンと冷えた空気をなるべく肌で感じないように、何重にも巻いたマフラーに首をうずめて歩く。空はうっすら曇がかかって、うっかり気を緩めると今にも雪が零れ落ちてきそうだ。

「――でもま、いっかぁ。こうして思い出せたわけだし。これからもパティシエになるために、ガンガンお菓子作りしていくぞォ！」

小町が明るくガッツポーズをしたので、私はホッと胸をなでおろした。

――あれから数日経った。昴の記憶の封印を解いたことで、無事にみんなの記憶はそれぞれ持ち主の元へ還っていったのだ。

田中駄菓子店には再びラムネの瓶が並び、それを目当てにお客さんがやって来るのでいつにも増して繁盛しているようだった。

店を訪れた私に駄菓子屋のおばあちゃんは、「なんや八重子、久しぶりやがいね。飯田のじいさんのへんてこな店なんかに寄っとらんで、まっすぐこっちに来まっしいね」と、相変わらずの不愛想な顔で言い放った。川嶋さんは「もー、ばーちゃん！」と怒っていたが、駄菓子屋のおばあちゃんがいつもの調子を取り戻したのが嬉しそうだった。

てっちゃんも祖母のことを思い出し、駄菓子屋のおばあちゃんが「へんてこな店」と称したかふぇの壁には、たくさんの祖母の写真が貼られるようになった。

商店街を歩く私を引っ張り入れると、時間も気にせず延々と祖母との思い出話を語るてっちゃん。写真を片手に楽しそうに祖母との思い出話をするてっちゃんが私は一番好きだったりする。その代わり、話の合間に道行く女子高生をナンパするのだけは勘弁してほしい。

実際に忘れていた頃の出来事を彼らは覚えているし、まだ混乱は残っているけれど、それでも無事に日常を通り戻せたことは心の底からよかったと思う。これからも何事もなく、この平和な日常が続いていけばいいいな。

「じゃあねっ！」

「うん、また明日ね」

「ばいばい」

小町の背中を見送って、私と昴は二人、神社へと続く石段を上る。ちらりと見える横顔は、憑き物が落ちたかのようにすっきりとしていた。……ただ一点、気になることがあるとすれば――。

「……ねぇ昴、修行ってそんなに大変なの……？」

「へぇ？」

昴は頬にある無数の傷痕をぽりぽり掻きながら、目を丸くした。掻いている人差し指も絆創膏が貼られていて、痛々しい。

現在、昴は力を取り戻すため、惟親さんと共に修行を始めたと聞いている。なんでも、自らのせいでなくしてしまった力というのは、取り戻すのが大変難しいらしい。私が想像できないような過酷な修行だとは思っていたが、それにしても頬や手に傷をつくる修行って一体どんなものなんだろう。……ちょっと恐ろしい。

私の視線に気づいたのか、昴は「ははっ」と笑った。

「ああ、これ？　大丈夫やよ。心配いらん。ちょっと無茶してしまって」

「無茶って……」

「早く縁くんに会いたくてさ。いっぱい話したいことがあるげん。だからどんな修行も頑張れる」

「昴……──」

「今度こそ『約束』守らんなん、やろ？」

ふわっと笑う昴が恰好良くて、眩《まぶ》しくて。全身から醸し出される空気は、爽やかな春の風のようだった。

昴はもう、大丈夫だね。いつの日か、昴と縁さまが並んで楽しくおしゃべりする日が来る予感がした。きっと、そう遠くない未来に。ポッと芽吹いた小さな想いを、どうか枯らさないで、花開かせて、と願うばかりだ。

「それよりさ、もうすぐその……クリスマス、やね」

昴の突然の言葉に、今度は私が目を丸くする番だ。

「え……そういえばそうだけど……昴ってクリスマスとかって……いいの？」

と言いながら、石段を上り終え、見えてきた境内を指さす。神社とクリスマスって、あんまり想像できない。

「ああ、関係ないよ。そりゃ家で大々的にパーティーなんてやらんけどさ、別に禁止されとるもんでもないし」

「へぇ」

「ってそんなことより、その……こまちゃん、のことなんやけど」

「小町ぃ？」

「えっと……なにか欲しい物とかってないんかな？　やっちゃん聞いとらん……？」

――んん？

クリスマス。欲しい物。そして頬を赤らめた昴。これって……？

「あ、のさぁ、前から思ってたんだけど、もしかして昴って――」

「やえちゃーん！」

「やえちゃーん！」

その時、境内を吹く寒風がとびきり元気な声を連れてきた。いつの間にか目の前には、瞳を輝かせたあおとみどりの姿があった。薄桃色の着物の袖をパタパタ動かし、遊びたそうにその場で跳ねる。

「がっこう終わったのー？」

「のー？」

「あおと」

「みどりと」

「『遊ぶのーっ』」

――ああ、やっぱりそうくると思った。二人の合唱に苦笑いを浮かべつつ、どう言うべきか考えていると、

「あおちゃん、みどりちゃん。今日やっちゃんは、二紫名さんと一連の事件の報告をしに、望さまの所に行くんやって。だから今日は俺と遊ぼうか」

昴がうしろからひょっこり顔を出し、私の代わりにそう答えた。昴の顔を見たあおとみどりは、さっきまでの比じゃないくらいに高く高くジャンプした。

「すーちゃん！」

「すーちゃん！」

きゃんきゃん甲高い声で笑いながら、昴の周りを駆け回る。中心に取り残された昴は、慣れないこの状況に困惑気味だ。

うんうんこういう時期もあったよなぁ、なんてしみじみ思いながら、無責任にもその状況を放置する。興奮した狛犬を止める術《すべ》は、残念ながら持ち合わせてはいないのだ。

「くぉら犬ころ！　おまえらも俺と一緒に手伝いしろって言われてんだろー！」

そこへ、なぜか汗だくのクロウが息を切らしてやって来た。ぐるりと見回して「なんだ、昴もいんのか」と呟《つぶや》く。

「やーの！　今日はすーちゃんと遊ぶんだもーん！」

「もーん！」

「はぁ!?　昴は修行に決まってんだろ？」

「うー……」

「うー……」

たちまちしょんぼりするあおとみどりに、昴は、

「あ、えっと……ちょっとだけなら遊んでいいと思うし……。ちょっと父さんに訊いてみるね」

と念を押し、そそくさと行ってしまった。私だったらそう言いつつ逃げちゃいそうだけど、昴は真面目だから絶対戻ってくるつもりだろう。

「うわーい！　すーちゃんと鬼ごっこ♪」

「うわーい！　すーちゃんとかくれんぼ♪」

「……はーぁ、昴はこいつらを甘やかしすぎだって。八重子、あとで言っておけよ？」

「うん……ふふっ」

「なに笑ってんだよ？」

「ううん、楽しそうだなと思って」

まだ不思議そうな顔のクロウに向かって笑みを零す。数日前までは見ることがなかった光景に、私の心は温かくなっていた。だって昴がクロウたちと仲良く話しているなんて、奇跡みたいだ。

――そう。あの後、縁さまのことを思い出した昴にすべてを話した。昴が「西名さん」だと思っていた人物は、実は二紫名という妖《あやかし》で縁さまの使いの者だということ。クロウやあお、みどりの存在。そして、今回なにが起こったのかということ……。

話した直後はさすがの昴も混乱していたが、縁さまの存在以上に驚くべきことはないと悟ったのか、すぐに状況を呑み込んでくれた。今ではすっかり仲良しで、修行の合間にみんなで遊んでいるらしい。私も仲間ができたみたいでとても嬉しいのだ。

「クロウさま！　やっぱりここでしたね！」

……と、ほのぼのした空気に、若干の怒気をはらんだ声が響く。クロウは声をする方を見ると、小さく「げ」と漏らした。

振り向いた時にそこにいた人物は、黒髪をシニヨンに結い、巫女《みこ》の衣装に身を包んだ

――。

「――真白さん！」

私がその名を呼ぶと、真白さんは照れくさそうに笑った。あの事件があった後しばらく姿を消していたので、どうしているのか気になっていたのだ。

「お久しぶりです、八重子さん」

「一体どこにいたんですか？　それにその恰好、もしかして……？」

私の問いに真白さんはこくんと頷く。

「一度、猫又の里に帰ってここであった出来事を家族に報告してきました。その上で、許されることならまた鈴ノ守神社でお手伝いをしたい……と申し出たのです」

「じゃあ……！」

「ええ。縁さまにも許可を頂き、またこちらでお世話になることになりました。これからもよろしくお願いしますね、八重子さん」

そう言って静かに微笑む真白さん。いろいろあったけど、彼女のことをもっと知りたいと思っていたから、その報せは素直に嬉しい。それにしっかりものの真白さんがいれば、私の心労もちょっとは減るかな、なんて思ったりもする。

「――あの、ここに残ったのってやっぱりクロウがいるからですか？」

耳のいいクロウに聞こえないように、真白さんの耳元でこっそり囁《ささや》く。すると、彼女はクスリと妖艶に笑ってこう言った。

「ふふ……それももちろんありますけど——」

　そして、私の両手を握り、耳に唇を添わせて——。

「生涯お仕えしたいと思っている方のお側にいたいからです……ねぇ、八重子さん」

　微かに触れた唇は冷たくて、普段より低く色っぽい声に背筋がゾクリとする。そして遅れてやってきた言葉の意味に私の脳内はクエスチョンマークでいっぱいになる。

「え、それってどういう……？」

　私の質問に真白さんは「ふふ」と笑うばかりで答えてはくれなかった。その代わり、

「それに……」と意味深に目を伏せる。

「黒幕……と言っていましたっけ？　私を操っていたあの妖の尻尾を掴めていないんですもの。私になにができるかわかりませんが、ここに残って少しでもお役に立てれば……と思っています」

「真白さん……」

　そうなのだ。黒幕の存在が、唯一この平和な世界に影を落としていた。

　結局あれから怪しい者が接触しに来た形跡はない。ただの悪戯《いたずら》だったのか？　いや、しかし、真白さんを使って記憶を盗《と》るなんて、悪戯にしては少々手が込みすぎているし、そもそも遠回りすぎる。本当に縁さまの力が狙いだったら、直接やって来て奪えばいいのだ。

なにか目的があるような振る舞いに、得体のしれない恐怖を感じる。

今回は真白さんがいい人でよかったけど、もし次にやって来る妖が悪意しか持ち合わせていなかったら——。

「八重子さん」

真白さんの声にビクンと体が震えた。いつの間にか俯いていたみたいだ。顔を上げると真白さんの温かい笑顔が目に飛び込んできた。

「大丈夫ですよ、八重子さん。今のところ怪しい動きはないみたいですし。それに、なにか起こってもきっと二紫名さんたちがなんとかしてくれますよ」

ね？　と念を押されて、「たしかにそうかも」と思い始める。今までだってなんだかんだ言ってなんとかなってきたのだ。うん、きっとなんとかなる。

私の表情の変化に安心したのか、真白さんはクロウに向き直ると「さ、クロウさま！　惟親さまから仰せつかった仕事をこなしますよ」とクロウの着物の袖を引っ張った。

——なるほど。クロウは真白さんから逃げていたわけか。

掴まれた袖を振りほどこうとじたばたしているクロウを見て、そう確信した。

「おいおいおい、おまえさぁ、俺のことが好きなんじゃなかったのかよ。ちょっと厳しすぎねぇ？」

「……あら？　私がクロウさまのことを好きな方がよかったのですか？」

「はっ!?　いや、違っ……！　そういうことを言ってんじゃねーよ！」

「ふふふ。大丈夫、クロウさまのことは変わらずお慕いしていますよ。でもそれとこれとは別」

そう言うと、きりりと目を吊り上げてクロウをぐいぐい引っ張っていった。その力といったら。真白さんの細腕の一体どこに、大きな男一人引っ張る力が隠れていたのかと思わせるほどだった。

「や、八重子〜！」

社務所の方から既に見えなくなったクロウの悲痛な叫びが聞こえる。

――やっぱり私の心労はもう少し続きそうだ。

「あ！　そーなの！」

「そーなの！」

二人を見送っていると、あおとみどりがふいに私の両手を掴んだ。

「にしなとゆかりさまが拝殿で待ってるのー」

「待ってるのー」

「へ？　縁さまも？」

なんだろう？　と疑問に思いつつ、二紫名と待ち合わせていたので、拝殿へと足を運ぶことにした。

「だーかーらー、この僕を待たせるなんていい度胸だよねぇ？　八重子が境内に足を踏み入れてから十分二十七秒経っている。つまり、十分二十七秒の遅刻ってことなんだけどね？　そこんとこわかっているのかな、八重子？」

拝殿に入るや否や、剛速球、しかもボリューム最大の文句が飛んできた。賽銭箱《さいせんばこ》の上には、眉間に皺を寄せた不機嫌そうな面持ちの縁さまが。傍らに控える二紫名は、もちろん私のフォローをしてくれるはずもなく。

「待っているかどうかなんてわかりませんもん」

「ふぅん？　じゃあ覚えておいてよ。鈴ノ守に来たらまず真っ先に拝殿《ここ》に来ること。いいね？」

「お、横暴ー……」

じっとり睨《にら》んでも縁さまにはきかない。むしろそんな私を見て楽しんでいる節まであるから困ったものだ。――けれど。

「……元気になってよかったですね」

縁さまの表情が明らかに以前よりよくなっている。いつも白いと思っていた顔色も、どことなく血が通って見えるというか。なにより、私に理不尽な文句をぶつけることができるのが、縁さまが元気になった一番の証拠だろう。

縁さまは私の言葉にフッと目を細めた。

「……昴のことは、礼を言うよ」

「縁さま……」

「僕一人じゃあ、どうにもできなかったからね。僕ね……ずっと怖かったんだ。昴が僕のことを思い出した時、一体どうなるんだろうって。耐えられないと思っていた。だから背中を押してもらえて助かったよ。八重子だから、僕らを再び結びつけることができたんだと思う。だから、ありがとう」

そこには神様だとか関係ない、ただ一人の少年がいた。少年は傷ついて、寂しくて……でも今はきっと、幸せを取り戻しつつあるのだろう。

――そうか。縁さまもまた、長きにわたって抱えてきた苦しみから解放されて、清々しい気持ちなのかもしれない。

「昴の様子はどうですか？」

「修行、頑張っているよ。まぁ、あの惟親のことだから身内にも容赦なくビシバシ指導しているみたいでさぁ、毎晩みんなが寝静まった頃を見計らってここにやって来ては、一時間くらい愚痴を吐き出しているよ。僕の姿が視えないっていうのに、ね」

ふぅ、とため息をついてはいるが、私にはわかっていた。昴がまた拝殿に来てくれるようになって、嬉しいんだってこと。緩んだ口元がそれを隠しきれていない。

「ふふっ」

そんな夜の様子を想像したら、微笑ましくて笑いが込み上げてきた。

縁さまはきっと、声が届かないのをわかっていながら、昴の愚痴にいちいち相槌を打つ。そして昴も、声こそ聞こえないけれど存在を感じて安心して気持ちを吐き出せるのだろう。なんだかそういうのって、いいなぁ。

「……私からも、お礼が言いたいです」

「八重子から……も？　珍しいね」

「いつも怒ってばかりいるのにか」

ずっと静かだったくせに、ここぞとばかりに二紫名が茶々を入れてくる。だからいつも一言多いんだってば！

「そ、それは二紫名が怒らせてくるからでしょっ！　……ってそうじゃなくて。えっとね、真白さんのことを許してくれたでしょう？　それがすごくありがたかったなって。ありがとうございます」

社務所で二紫名が真白さんに向かって口にした言葉は、「処分をどうするかは、縁さまに決めてもらう」だった。あの時は真白さんが重い処分を受ける空気が漂っていたし、まさかなんのお咎めもなしにこうして鈴ノ守神社で働けるようになるなんて。

縁さまの寛大な心に感謝していた。

「…………………」

「…………………」

けれどもおかしい。私の言葉に二紫名と縁さまは無言で目を見合わせている。いや、それどころか縁さまの肩がふるふる震えているではないか。

「えっ？　私なにか変なこと言いました？」

「変なことっていうか……元々そのつもりだったんだよ」

「え………元々そのつもりだった？」

聞き間違いかと思い同じ言葉を繰り返すも、縁さまは何食わぬ顔で言葉を続ける。

「そうそう。真白が何者かに操られていることは知っていたから、一人外に出すと狙われるかもしれなくて危険でしょ？　その点、鈴ノ守《ここ》は僕の結界で多少なりとも守られているからね。ここに留まっていれば危険を回避できるってわけ。ね？　二紫名？」

「…………」

――え⁉

「ちょ、ちょっと待ってください……それって二紫名も知ってて……？」

「知ってたっていうか、二紫名が僕にそう提案したんだけどね」

「はぁ⁉」

素早く二紫名に視線を送る。しかし二紫名はそれがどうしたと言わんばかりに口元に笑みを浮かべた。

「言っていなかったか？」

「…………………っ！」

――言っていない。なにも、なぁんにも。最初から知っていれば、あんなに無駄に心を痛めなかったのに！　だいたい二紫名はいつもわかりにくすぎるのだ。

沸々と湧いてくる怒りは縁さまのケラケラと大きな笑い声にかき消された。……そうだった、ここは拝殿。縁さま《神様》が見ている。

「あはっ……まぁまぁ八重子、落ち着きなって。八重子はなんにも気にしなくていいってことだよ。それに、一人くらい本気で心配してくれる人がいた方が、真白のためにもなっただろうし、ね」

「そ……うなのかなぁ」

いまいち腑に落ちないが、縁さまにそう言われたら否定のしようがない。ため息をつきつつ二紫名を見たら、縁さまと共にいい顔で笑っている。――まったく、もう。困った狐《きつね》。

縁さまが理不尽なお願いをして、それに応える私を二紫名がおちょくって遊ぶ。ひた走る私だけがなんだかハズレくじを引かされているような気もしなくはないが……まぁ、いいか。みんなが笑顔で毎日を送れるなら、それに越したことはないと最近思えてきた。

だって大好きなんだもの。鈴ノ守神社のみんなが。小町や昴が。商店街の人たちが。大好きだから、みんなの笑顔を守るためなら私、これからも頑張れるよ。

「あ……」

境内を白いものが舞っているのが目に入り、思わず空を仰いだ。それはゆっくりふわりと宙を漂って、地面に当たってじわりと溶けて消える。……雪だ。初雪。まるで天使が羽根を落としたみたい。

「ねぇ八重子」

神秘的な光景にうっとり見入っていると、縁さまが私の名を呼んだ。

私を見て微笑む縁さまに、もはや嫌な予感しかしない。ごくりと唾を飲み込み次の言葉を待つ。

「これは積もりそうだね。知ってる？　北陸《こっち》の雪って積もる時は、それはもうどかんと積もるんだよ。少しでも若い人の力が必要だから、除雪の時はお手伝いよろしくね？　八重子」

「……え？　……はい？」

縁さまは絶好調。今日も今日とて、鈴ノ守は平和だ。

＊　＊　＊

――さてさて。私はというと……。

「――でね、私がずっと思い出せなかった夢の少年こそが、昔の二紫名だったわけですよ。その時、二紫名と私は結婚……の約束をしていたみたいで。約束って言っても小さい頃のことだし、どれくらい本気なのかわかったもんじゃないですけど？　でも、まぁ、二紫名が言っていた『結婚を約束した人』がいるって、もしかしたら私のことなんじゃないかな……なぁんて。いや、別に私だって本気にしているわけじゃないですけど……。っていうか、なんで二紫名はあの記憶の箱だけ隠したのかってことですよね。酷いと思いません？　だってそのせいで私、『あの少年のことだけ思い出せないー』って悩んだんですよ？　そう、そこなんですよ！　そもそも、こんなにややこしくする必要ってあったんでしょうか。ないですよね？　時間を返せって言いたいです。本当にやることなすことすべて意地悪なんだから。ね、そう思いません？　望さま！」

一息に捲《まく》し立てると、賽銭箱の上で足を組んでいた望さまは、うんざりした目で私を見下ろした。そして、はぁ、と大きなため息をつく。

「なにそれ、惚気《のろけ》？」

「なんでそうなるんですかっ！」

縁さまの言った通り、粉雪はやがて水分を含んだ重みのある牡丹雪に変わり、体に纏《まと》わりつきながら降り続いた。あっという間に五センチほど積もった地面は、私の足跡だけがうっすら残っている。空も、地面も、すべてが雪化粧を施され、目に映るすべてが白に染まった。そんな世界に、私と望さま二人きり。雪が音を吸い込んで、辺りはしんとしている。

私は傘を片手に、今回の事件についての報告を望さまにしに来たところだった。ちょっといした脱線で話が長引いたせいで、傘の重みはいつの間にか増していた。

「だってそうとしか思えないわよ？　八重子、あなたなんの話をしに来たの？」

「だ、だからっ、今回の事件の話で――」

「それはもうわかったわよ。猫又が少年で、少年が縁の友達なんでしょう？」

「全っ然、違いますけど……」

「だって恋バナ以外興味がないんだもの！」

望さまは大袈裟によろけてみせると、私をチラと見て小さく舌を出した。

「……それともなに？　恋バナするってことは、私に盗ってほしいの？　八重子のこ・い・ご・こ・ろ」

悪戯っぽく微笑む望さまに、その言葉の意味を理解した私の頬はカッと熱くなる。

「ち、ち、違いますってば！」

「あら、そうなの？　私はてっきり……ふふ」

「そういうのじゃないんで！」

「ふぅん？　ねぇ、あの狐に訊かないの？」

「訊くって……なにをですか？」

「あら、そんなの『結婚の約束は本気？』『私のこと好きなの？』に決まっているじゃない」

　この神様は一体なにを言っているのか。ポカンと口を開けていると、私の顔を見ていた望さまがぶふっと吹きだした。二紫名が私を好き？　そんなこと、あるわけ――。

「八重子」

　静寂を破る低い声に、どきん、と胸が高鳴る。神社の外で私を待っていた二紫名が、鳥居から顔を出してこちらの様子を窺《うかが》っていた。

「なに」

　もしかして今の話を聞かれていたんじゃ……と挙動不審になる私に、二紫名は普段と変わらぬ調子で「遅いぞ」と言い放った。どうやら聞こえてはいないようだ。

「なにをそんなに話すことがあるのだ」

　急ぎ望さまと別れて駆け寄った。確かに待たせすぎたのか、二紫名の傘の藤色が真っ白に変わっている。

「いろいろ……いろいろだよ！」

二紫名は私をじろじろ見てククッと笑った。そうかと思うと、急に優しい目をして腕を伸ばしてくる。

――な、なに……？

彼の指先が私の髪を撫でる。そのまま右手を頭の後ろに回されて――。

まさか、あの時の続きじゃないだろうか。でもだめ。今は注意を逸らせるものがなに一つない。今度こそキス……されてしまう。緊張でひゅっと息を呑み込んだ。

『私のこと好きなの？』……さっきの望さまの言葉が脳内でリフレインする。そんなわけない。ありえない。……けど、もしかして。

強風で緩んだ手元から傘が飛び、ふわっと空に舞う。だけど視線は、私を見つめる熱い瞳から逸らせない。

「に、し、な……」

その時――。

「痛っ！」

頭をパシッと三往復ほど叩《はた》かれ正気に戻った。な、なにが起こったの……？

今しがた起こった出来事に頭がついていかなくて瞬きを繰り返す私に、二紫名はニヤリと笑ってこう言った。

「阿呆《あほう》。頭に雪が積もっていたから払ってやっただけだ」

そして金木犀《きんもくせい》が香るくらい近づくと、急に囁き声で一言。

「……それとも別のなにかを期待していたか？」

「な、な、な！」

自分でもわかるくらい、顔が熱い。こんな時にまでおちょくるなんて、この狐、絶対私のことなんか好きじゃないよ！

満足したのか急に背中を向けて歩きだした二紫名。そんな彼を、きゅっきゅと雪を踏みしめながら追いかける。真白な絨毯に付くのは、二人分の足跡。

もうすぐ彼と出会って初めて新しい年を迎えようとしていた。けれどもこの関係は、きっとそう簡単に変わりそうもない。

「二紫名のバカっ！」


——悔しいから、思い出したことは絶対教えてあげないんだから。

終

男は憂鬱だった。

せっかく縁さまから直々の調査を仰せつかったのに、宮司から人間界の用を頼まれていて、なかなか思うように動けないからだ。今も、ついさっきまで宮司にこの身を拘束され、そのせいで貴重な朝の時間を無駄にしてしまった。

師走の、特にこの時期は毎年忙《せわ》しない。師走大祓式だかなんだか知らないが、この手の行事は妖には関係のないことだ。しかし縁さまの立場を考えると、男も不本意ながら準備の指示に従うほかなかった。

男は境内に出るとゆっくり辺りを見回した。いつもだったらここで騒がしいやりとりが目に入るはずだが、今日はやけに静かだ。小さな枝や石ころ一つ落ちていない境内に、手水舎《ちょうずや》や石造までもが丁寧に磨かれ、どことなく輝いて見える。

——あの女、だ。あの女が来てからというもの、あおやみどりはもとより、野良魂よろしく自由奔放に生きてきたあのクロウまでもが、嫌々ながらも大人しく言うことを聞いている。それはとても良いことのように思えるが、一方で言いようのない不安が男の胸に渦巻いていた。

あの女は匂いがしない。人間の匂い……いや、それどころか妖の匂いすらしない。完璧なる無臭なのだ。そんなことが未だかつてあっただろうか。

突風が吹く。男ははらりと落ちた真白の髪をかきあげ、一つに括り直した。そして風に乗りやってきた匂いに、くん……と鼻をひくつかせると、「ここまで匂いが強いのもどうかと思うがな」と苦笑いを零す。

匂いはどうやら社務所からやってくるようだった。それはつまり、社務所に彼女がいることを示している。縁さまから「二紫名。至急八重子と二人で拝殿に来るように」と言われているので、丁度いい。

彼女の匂いは不思議だった。人間の匂いといえばそうなのだが、他のどの人間とも違う特別な匂いをしている。甘く、濃厚で、近寄ればたちまち囚われ、なにも考えられなくなる。それでも衝動をなんとか抑えられるのは、己の力が強いからだろうと男は自負していた。

不可解なことはもう一つある。どうやらクロウやあお、みどりたちは、彼女の特別な匂いを感じとってはいないようなのだ。なぜ自分だけが感じるのか、そしてなぜ彼女は特別な匂いがするのか、男にはなにもわからなかった。

社務所の戸を開けると、匂いはより濃くなった。滞在時間は多く見繕ってもざっと三十分ほどだろうか。キィキィ軋《きし》む廊下をなるべく音を立てずに歩き、普段この神社に住まう妖たちに与えられた奥の部屋の戸を開けると……――いた。

彼女が机に突っ伏している姿が目に入った。なんとも無防備にすやすや寝息を立てているではないか。男は苛立《いらだ》ち、無意識にため息をついた。

室内は外の気温と大差ないように感じた。かつては人間と同じように「暑さ」や「寒さ」に敏感だった男も、今は違いがほとんどわからないくらいになっているので、部屋の気温が低くてもなんら問題はない。しかし、だ。男は思案する。人間は、ことさら彼女のような女性は、「寒さ」に弱いのではなかったか。そうだ、彼女はいつも「寒い寒い」と言っては分厚いコートを着込んで、まるで雪だるまのようになっていた。

男は部屋の隅に置かれたストーブに近づくと、そっとボタンを押した。どのくらいが丁度いい気温なのかわからず、三十五度に設定する。途端にやる気を出したストーブがボウッと勢いよく熱風を吐き出した。とにかくこれで寒さに凍えることはないだろう。

起こすのも可哀想かと彼女のそばでじっと寝顔を見守ると、彼女の小さな唇から「うう」と呻き声が漏れた。眉根は苦しげに寄せられ、頭を預ける両腕にぎゅっと力を入れているのがわかる。

「悩んでいるのか」

縁さまから彼女に宛てた「お願い」――この地に住まう者と交流して、人々の記憶が失われた理由を探るというものは、もしかしたら彼女を苦しめているのかもしれない、と男は思った。

調査がうまくいっていないことは、実のところ男にもわかっていた。日々、鈴ノ守にやってくる彼女の表情がどんどん曇っていくのを見て取れたからだ。自分が行動を共にしていればなにか変わったのかもしれないが、今はそうもいかない。

彼女に背負わせるのは酷だったのか？　自問自答の末、導き出した答えは「ノー」だった。彼女は、その小さい体からは考えられないほど力に満ち満ちていて、常に前向きでパワフルだ。

これまで何度挫《くじ》けそうになっても、諦めずに乗り切ってきた。それがたとえ彼女自身の記憶を取り戻すためだとしても、途中で投げ出して「記憶はいらない」という判断をしてもよかったのだ。そうしなかったのは、ひとえに彼女の精神力の強さゆえだと男は考えていた。彼女ならなにがあっても大丈夫、と男は彼女に絶対の信頼を置いていた。

だからこそ……――。

「八重子」

男はボソリと言った。声をかけたからといって彼女が起きる様子はない。

「なにをそんなに焦っているのだ。おまえはなにもわかっていない。おまえは……――」

眠っている隙に、言いたいことを言ってしまおうか。

「おまえは……ただ笑顔で俺のそばにいればいいのだ。ただそれだけで……」

それがどれだけ尊いことか。どれだけ男の心が救われるのか、きっと彼女はこれっぽっちもわかってはいないだろう。あの夏の日……小さかった男が彼女によって助けられたあの日から、彼女の笑顔は男のすべてだった。

「一人で勝手に突っ走るな……俺がいることを忘れるな。いいな？」

当然反応はない。男はおもむろに彼女の頬を撫でた。ピクリと彼女の眉が動く。男の手の冷たさに反応したのだろう。

――この気持ちをなんと呼ぼう。

彼女のことを見ていると、時に淡く時に熱く、男の胸の奥で疼《うず》くものがある。この気持ちをなんて呼べばいいかわからないが、願わくは、ずっとそばにいたい。そばで彼女の笑顔を見守っていたい。

「八重子」

男はもう一度、彼女に話しかけた。そして今度は自身の唇を彼女の頬に近づけようとした。しかし返ってきたのは――。

「にしなー」

「にしなー」

ガラリと思い切り戸を開けて、双子のような可愛らしい女の子が二人、顔を出した。こういう時に邪魔が入るのは、もはやお約束とでも言うべきか。

二人は男と彼女の様子を見てなにかを悟ったのか、みるみるうちに赤くなる。男は人差し指を唇にそっと当てた。そして一言。

「おまえたち、クロウと真白を連れて、惟親のところに行っていてくれないか」

「きゅっ」

「きゅっ」

慌てて二人は廊下を駆けていく。どたばたと一気に騒がしくなり、男は苦笑するしかなかった。

さて、この眠り姫をどうしようか。男はニヤリと妖しい笑みを浮かべると、大きく息を吸った。

「涎《よだれ》が垂れているぞ」

あとがき

この度は「妖しいご縁がありまして―わがまま神様とあの日の約束―」を手に取ってくださり、誠にありがとうございます。

こうして二巻が出せたのは、応援してくださる皆さんのおかげです。またお会いできたこと、心より嬉しく思います。

一巻では「八重子の記憶」をメインに据えて展開していきましたが、本作は「縁さまと昴の記憶」がメインとなっています。一巻であまり出番のなかった縁さまの傍若無人なわがままっぷりや、昴の跡継ぎとしての葛藤、縁さまとの絆など、お楽しみいただけたでしょうか。

また、八重子が感じたこと学んだことを昴へと伝える回だったとも言えますが、八重子にとっても成長できた話だったのではないかと思います。

書いている私自身、八重子の住む町の人々（特に昴）の人間性が垣間見れて、とても楽しかったです。

さて、この「妖しいご縁がありまして」は能登を舞台にしています。本作でも能登牡蠣やいも菓子など、能登で食べることができるグルメを八重子に食べてもらいました。また、能登の冬の風物詩といえば「波の花」が有名ですが、岩に打ち付けられた波が白い泡になって舞う様子は雪のようでとても幻想的です。冬の能登もおすすめなので、機会がありましたらぜひお越しください。

さて、本作は前作同様、たくさんの方のご尽力のもと刊行するに至りました。

いつも的確なアドバイスで優しく指導してくださる編集の佐藤様。なかなか自信が持てない人間なので、褒めてうまく気分をのせてもらえてとても助かりました。

装画を担当してくださった紅木春様。今回も素晴らしく可愛らしいイラストをありがとうございました。縁様や昴が紅木様の手によって描かれたのを見て感動しっぱなしです。

また、家族含め、原稿から本にするまでに関わってくださった全ての方々に感謝します。もちろん、この話を書く理由にもなった、祖母にも……。

最後に、読んでくださった全ての方に心より感謝申し上げます。最後まで楽しんでいただけたら幸いです。

黒幕は誰なのか、目的はなんなのか……ハッキリしない終わり方になっているので、ぜひ続きを書いて、また皆さんにお目にかかれることを願っています。

二〇二一年十一月十日　汐月　詩

ことのは文庫

妖《あや》しいご縁《えん》がありまして

わがまま神様《かみさま》とあの日《ひ》の約束《やくそく》

2021年12月26日 初版発行

著者 汐月《しづき》 詩《うた》

発行人 子安喜美子

編集 佐藤 理

印刷所 株式会社広済堂ネクスト

発行 株式会社マイクロマガジン社
URL：https://micromagazine.co.jp/
〒104-0041
東京都中央区新富1-3-7 ヨドコウビル
TEL.03-3206-1641 FAX.03-3551-1208（販売部）
TEL.03-3551-9563 FAX.03-3297-0180（編集部）

本書は、小説投稿サイト「エブリスタ」（https://estar.jp/）に掲載されていた作品を、加筆・修正の上、書籍化したものです。
定価はカバーに印刷されています。

ISBN978-4-86716-220-0 C0193
乱丁、落丁本はお取り替えいたします。